天下篇，逍遙遊

七星劍，葫蘆酒

你就這樣長身去了江湖

自天涯滄桑風塵回來的你

大鐘鳴鼓，琴瑟竽笙

高台厚榭，邃野之居

或人何在？或人何在？

你又帶書攜酒配劍

從眼前到天涯，一路過去

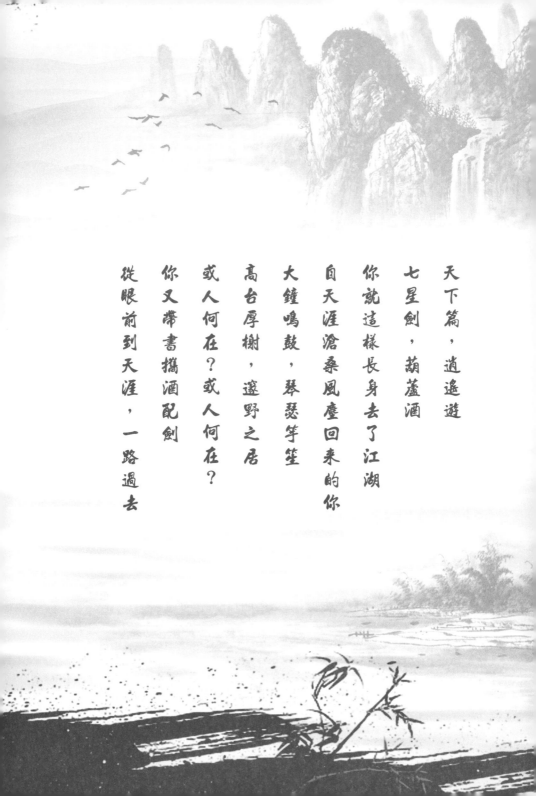

落花也有溫柔的遠志
像人走向水涯
而裘褐為衣，棺桐三寸
張目奸逼切如大火逼你躍牆
身臨绝澗如閉目飛躍
而這一躍往何處去呢
流水也有悲壯的柔情

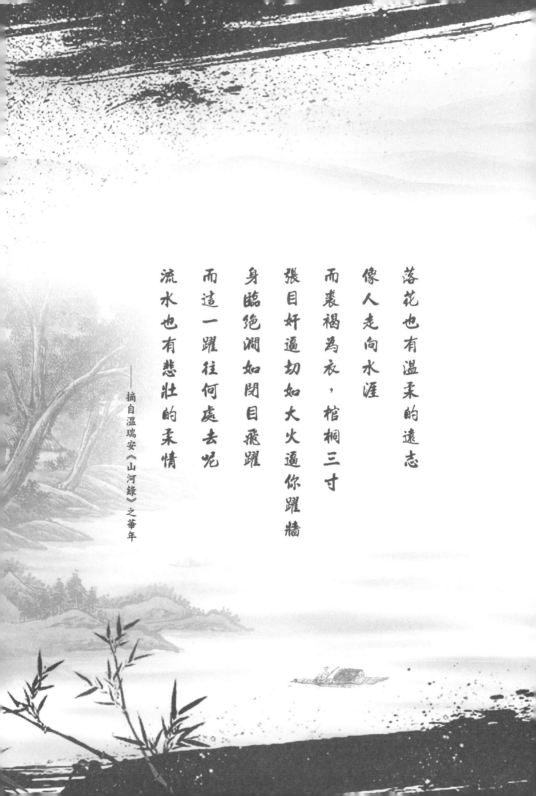

——摘自温瑞安《山河錄》之華年

說英雄·誰是英雄系列
驚豔一槍
下
溫瑞安 著
武俠經典新版

說英雄誰是英雄系列

驚艷一槍

下冊

目錄

第五篇　四大名捕決戰六合青龍

第六篇 元十三限的大限

第四篇　元十三限

這故事是告訴我們：

沒有故事可以教訓得了人，除非是他自己能有所悟。

沒有什麼話可以改變得了你，除非那句話恰好是你心裡那一句。

人是那種一面說大家何必苦苦相爭但一面又鬥個你死我活的那種動物。

第一章　那個像豪傑一樣的瘋子

四十六　反擊

這時際，達摩塑像發出淡淡的金色，還有濃濃的臭味，頭髮散飛，連臉容也活了起來，有了表情。

——一座神像，已完全變成一個活生生的人了。

老林禪師嘆道：「一個好生生的人，卻變作一尊神像！」

與達摩先師合一的元十三限，突然一掌把「正活了起來」的趙畫四打飛出去。打飛出廟外。

天衣居士叱道：「截住他！不可讓他會合其他的人，佈成『六合乾坤，青龍白虎，無有頭尾大陣』！」

張炭和蔡水擇立即左右兜截趙畫四。

元十三限突然大喝一聲：

「肚痛！」

張炭忽覺腹疼如絞，有如薄刃在腸胃裡衝擊。

元十三限一面化解織女的「神針亂繡法」，一面突又瞋目大叱：

「頭疼！」

蔡水擇「哇」地一聲，捧頭蹲下，痛得直在地上打跌。

天衣居士眼見元十三限竟可以「心志」的「願力」，不動手便可擊倒敵人，他也豁了出去，左手捏成刀訣，右手合爲劍勢，急攻元十三限。

元十三限一見，知天衣居士已拚上了性命，以「天衣神功」強提內力，一路功夫打完，不死也得病上一大場。

但這一來，天衣居士像暫時恢復了內力，加上天衣居士的「小相思刀」和「小銷魂劍」刀劍合一之絕技，一時倒反逼住了元十三限。

元十三限眼見天衣居士全力反擊，來勢洶洶，如果他不是已參透「山字經」，練成「忍辱神功」，以及剛與達摩祖師爺的金身合一，天衣居士這一輪攻勢，他還真未必應付得來。當下他也顧不得那麼多，連施十三絕技。

他的十三門絕藝，名聞天下，他也因而得名元「十三」限。

他的每一「限」，都是敵人的「大限」。

——不過，「自在門」一向有個規矩，已授徒弟門人的絕技，自身不可再用。

這是個不成文的規例。大家都不明白當日「自在門」祖師爺韋青青何以訂此規條。嬾殘大師說一旦破戒可能會傷元氣，諸葛先生認爲會造成一種先天性的剋制，天衣居士算得一旦用予授門徒的武功會落得日後那門人叛逆自己的報應，元十三限雖覺得無稽，以爲是師父用心無非是要徒弟不亂收徒，秘技不傳，或旨在促使各人再創新猶，光大門戶，心雖不信，但一直以來，也不敢輕犯這門規。

是以，就算是而今生死相拚，天衣居士所施的，也只是「小相思刀」和「小銷魂劍」，而王小石所習所悟的，正是「大隔空相思刀」及「大淩空銷魂劍」了，說來並無重複。

元十三限卻已用了：

「仇極掌」

「恨極拳」

這些武功他本已傳給了「天下第七」。

他也使上了：

「挫拳」

「勢劍」
「丹青腿」
他已把這些絕技教了給顧鐵三、趙畫四等人。
但他現在都使了出來。
他已無忌憚。
主要是因爲：
他已是神。
——戰神。
只有人才怕受天懲、遭報應——神還怕什麼？
所以他全力反擊天衣居士的反擊。

◇◇◇

元十三限的十三道絕招是：
「起、承、轉、合」（他剛用以對付天衣居士）。
「一線杖」（夏侯四十一就死於他這一記以守爲攻的招法上）。

「勢劍」、「氣劍」爲「氣勢之劍」（他的心愛弟子天下第七用以格殺天衣居士獨子天衣有縫）。

「挫拳」（那是顧鐵三的絕技）。

「丹青腿」（他傳於趙畫四）。

「一喝神功」（他以此擊倒了蔡水擇和張炭）。

「仇極掌」（那是天下第七學自他的）。

「恨極拳」（天下第七最得他的歡心，故一人能得三大絕學）。

「大摔碑法」（大弟子魯書一學的就是這武功）。

「飛星傳恨劍」（二弟子燕詩二的劍法源自於此）。

「君不見劍訣」（齊文六的劍法）。

「飛流直下，平地風雷」（即是葉棋五的棋法）。

「化影分身大法」（不但使元十三限可變作達摩同時應敵，連衣衫、毛髮、腸胃、元神都可分別出襲對敵）。

元十三限是用「自在神功」作基礎，以「忍辱大法」爲元氣，「山字經」爲運轉，施用這些絕學絕藝。

而且，他還有一項「法寶」：

傷心神箭。

——他第一箭就傷了人心。

中箭的是神針婆婆。

傷的是天衣居士的心。

四十七　猛擊

天衣居士仍在纏戰苦鬥元十三限。

神針婆婆卻搶到蔡水擇和張炭身前，像挑花一樣的針灸了兩人身上幾個要穴。

——這是小挑花手。

一下子，頭不疼了，腹也不痛了。

神針婆婆忍痛叱道：「快走！不然，就走不脫了！」

老林禪師已調息運功，恢復了大部份元氣，長身而起，叱道：「我不走！我們三人合力一鬥這狂魔，不信就敵不過！」

他聚起神功，突然，兩手食指指尖（他左手四指雖折，但食指仍然完好），都著了火。

一指金火。

一藍火。

他雙指比劃，如同兩把金刀藍劍，攻向元十三限。

——這正是他未出家前在「封刀掛劍」雷家的成名絕技：「霹靂火」！

張炭執意不走。

「為什麼要我走？」

織女捂心怒道：「你們不走，都窩在這兒陪葬是不是！」

這時老林禪師正大發神威，一時倒和天衣居士敵住了元十三限十三道絕技的猛攻。

他們猛擊。

——以猛擊來打擊猛攻。

張炭也怒道：「我豈是貪生怕死之輩！前輩妳倒小覷了！」

神針婆婆一針抵住張炭的雙目之間，怒問：「你走也不走!?」

張炭火猛起來：「不走！妳要殺就殺，不殺，就讓我殺敵去！」

神針婆婆冷笑道：「就憑你——」

忽心疼難支，手一顫，便在張炭眉間劃一道血痕。

蔡水擇忽問：「婆婆為何要我們走？」

張炭罵道：「又是你這貪生怕死的小子，我還以爲你轉了性，但還是狗改不了吃大便——」

神針婆婆截道：「你們不走，留在這兒也幫不了手。走才是活路。你們應趕去截殺趙畫四，他只要和其他同門師兄弟會合上，便可佈『六合青龍』大陣，一旦佈成，只怕他就要遭殃了——」

蔡水擇詫道：「『他』？」

織女捂心點首：「他。」

張炭幾乎沒跳了起來：「你說的是『他』？」

織女痛得滿臉像都繡了密線：「是他沒錯！」

張炭怪叫道：「妳說謊！要真的是『他』，怎會怕這六條青蟲！」

織女慘笑道，「你們有所不知。自在門祖師爺韋青青青因爲知道他門下四個徒弟中，要以諸葛先生的天性、根基、遇合、才幹最爲翹楚，生怕萬一有日誤入魔道，殆害人間，那便無人可制了，故而創佈下『六合青龍，乾坤白虎，無中生有，頭呼尾應，奇法大陣』，交給了首席弟子葉哀禪。葉哀禪出家之後，人卻銷聲匿跡，這莫大功法卻不知怎的落在元十三限手裡。由於韋青青青早覺察元十三限心術不正，故授之以『獨活神功』以救人：只要傷者仍一息尚存，就可以神功渡活對方。那畢竟不是傷人而是救人的武功。剛才他向趙畫四所施的便是此等功力，惜他仍不用於正途。只是，元十三限一旦練得『獨活神功』後，便無法親施『六合青龍』大陣，否則奇功對沖，必致筋脉斷弊。元十三限這十數年來，全力訓練魯書一、燕詩二、顧鐵三、趙畫四、葉棋五、齊文六等六大弟子，配合了他的絕藝，要以此奇陣困殺諸葛小花！我們只要殺了其中一個，這陣便佈不成了！」

張炭這才憬悟：「不好！」

蔡水擇疾道：「咱們快去救先生！」

忽聽一聲霹靂響。

如雷炸裂。

◇◇◇

一聲又一聲的雷。

猛轟元十三限。

「你們走！」

老林禪師的臉色隨著一聲又一聲的密雷急變。他正要以「翻臉神功」祭起「霹霹靂神雷」，轟殺元十三限！

「這兒有我搪著！」

雷厲。

火猛。

但卻攻不近元十三限。

——因爲突然之間，元十三限和他相距好遠好遠……

其實他們只在對面，伸手可及。

不過，老林禪師只覺有天涯那麼遠。

那是元十三限的「忍辱神功」所致。

——這便是「縮丈成寸大法」，近，成了遠；遠，可變爲近。

既可縮丈成寸，亦可擴寸成丈。

當他要「近」時，便可舉手殺敵；當他要「遠」時，敵人便殺不了他。

——爆炸力再威猛，只要人在爆炸力影響範圍之外，那也不足以畏。

天衣居士長嘆一聲。

他知道老林禪師擋不著。

擋不了。

他只有發動了。

——雖然那是下策。

但卻是唯一困得住元十三限的方法。

神針婆婆這時已逐走蔡水擇和張炭去追截趙畫四，她以銀針金線，加入了戰團。

她施的是：「大折枝手」。

她使的是：「小挑花指」。

——亂針急繡。

既密不容針，也疏可走馬。

這種針法振起劍氣，竟不讓琴瑟與墨染躍然於紙，而在殺伐爭鬥中師心獨運，不落痕跡，直如藝術至高境地。

但元十三限以枴杖施展出「君不見劍訣」，每一招都大開大闔、大起大伏，簡直似劈空而來，又憑空消失。

神針婆婆手上的針，竟似有千鈞之力，愈來愈沉重，也愈來愈寒凍。

——那是「山字經」的詭異功力。

神針婆婆迄此針法又是一轉：

「臨行密密縫。
意恐遲遲歸。」
這針法多了一重意思：
那是愛。

◇◇◇

愛有力量嗎？
有的。
現在這股力量就自神針婆婆手上這兩口針和一條線上發動了。
它縫住了元十三限的攻勢。
它刺向元十三限的要害。
它還纏住了元十三限。
元十三限的招法又是一轉。
他也運用了他獨特的力量：
仇

恨

「仇極掌」。
「恨極拳」。
——仇恨有力量嗎？
有的。而且在人世間，天天都有人毀在仇和恨的手裡。
如果不是老林禪師的「風刀」和「卦劍」以兩道金藍「霹靂火」及時轟至，只怕神針婆婆就得毀在這「仇」與「恨」下。
不是愛不及「仇」。
更不是愛比不上「恨」。
而是一個「愛」難敵「仇火」、「恨意」的夾攻。
何況織女還先負了傷。
傷了心。

四十八　伏擊

猛擊已沒有效。

元十三限已用「一線杖」法，足以把老林禪師的「霹靂雷霆」全轟了回去。

天衣居士只有走那一步了。

他猛一擰身，一頭撞在牆上。

額濺血。

血流披臉。

寺牆搖搖欲墮，椽動瓦落。

終於全然坍塌。

◇◇◇

天衣居士當然不是尋死。

更不是自殺。

而是他撞倒了老林寺。

發動了陣勢。

——從決鬥改而成爲伏擊。

這就是：「殺風景」大陣！

◇◇◇

「老林寺」塌了。

這是天衣居士所至不願爲的事。

——歷代帝王或當權者，每攻一城，總愛焚城；如果戰敗，也堅壁淸野，燒燬建築。是以歷來名城及有歷史價値的亭臺樓閣塔寺廟殿，總難保存，天衣居士向來對此也深惡痛絕。

不過現在沒辦法了。

他先已用身子巧勁把寺廟的建基拴接處碰鬆撼裂了。

現在這一撞，寺廟應聲而倒。

瓦塌。
柱坍。
牆崩。
椽斷。
全打落下來。
竟自列成一陣。
——這是「殺風景」大法。
把原先的「風景」，先行破壞，然後施在破壞後困敵於陣！

◇◇◇

——殺了風景之後，在風景中的人，變成了給風景追殺。
一如人過度污染了河塘，結果都成了毒水，使得稻穀欠收，魚蝦染毒，反而害了自己。
也似大量砍伐森林，泥土大量流失，一到潮汛湧漲之時，就會造成氾濫，淹沒田畜，塗炭生靈。

更像地震、海嘯、火山爆發，一旦風景給毀了，在風景中的人，也難以苟存了。

寺塌了。

成了廢墟。

風景沒了。

風景成了一場伏擊。

——伏殺元十三限。

◇◇◇

元十三限一面以「一線杖法」穩守，一面用「大摔碑法」把凡沾上他或靠近他的事和物和人全摔了出去。

他還以碎瓦破磚發出了暗器。

那便是「飛流直下，平地風雷」的指法。

不過他衝不開此陣。

以武功論，他確已幾近無敵。

但是現在對付他的，不是人。

而是風景。

他武功再高，也不能殺掉這一場「殺風景」的風景。

◇◇◇

天衣居士這才鬆了一口氣。

但他以「天衣神功」運聚真氣，已消耗幾盡。

他幾乎沒立時暈倒了過去。

老林禪師眉鬚根根倒豎而起。

他不但怒。

而且累。

——「風刀卦劍」是「封刀掛劍霹靂堂雷家」棄絕兵器之後，以指爲劍，以掌爲刀的絕學，十分消耗真力，況且「霹靂神火」也極消磨真氣，「哀神指」更傷真元。

何況他年紀也大了。

世上有幾件事，是絕對逞不了強的。

性愛是一件事，有心無力時，不是說強便強、要堅便堅的。

運氣也是一件事，時勢未到，縱有天大本領，也只好伺時待機。

年齡更是一件事。你在十年前能做這件事，不見得十年後也可以做同樣一件事，而且當歲月是原由時，已再不需要其他的理由了。

雷陣雨從格鬥中長大。

這是好事。

在決戰中長大的孩子定必強悍。

他也從戰鬥中變老。

這是壞事。

在戰爭中變老的人歷過太多的滄桑，能活得下來已千瘡百孔、無處不傷、舊創總在夜雨時泣訴給自己的肌骨聽。

劇戰過後的老林和尚，也得要喘上一口氣。

但他一口氣還未喘過來，已發現一個自己人倒了下去。

神針婆婆。

那一箭射著了她的心。
好疼。
她強自作戰，迄今終於支持不住。
她的心已受了傷。
重創。
——傷了心。

四十九　狙擊

織女哀哀的徐徐的倒下。

天衣居士叫了一聲，扶著她。

這時，陣法便亂了。

◇◇◇◇◇◇

一亂，便有機可趁。

——如果你想對付誰，先讓他們自亂，局面一亂，大局便可由你控制操縱。

◇◇◇◇◇◇

在陣中的元十三限，憑他一身獨步天下的武功，卻一時也闖不出來。

他連施展了五種身法和方法，都沒有辦法——但絕不是回到陣中，那種陣法太也無聊——而是一次讓他自以爲出了陣（其實仍在陣中），一次使他駭然急促的停止了闖陣，一次就算闖得出陣所付的代價也太高了，一次是元十三限竟看見有十三個自己向自己走來，還有一次是破陣太也輕易反而使他不敢輕試。儘管天衣居士是分了心，但「殺風景」大陣依然有「殺死人」的威力。

元十三限卻在此際做了一件事。

他立定。

解弩。

彎弓。

拔矢。

搭箭。

射——一箭

破陣飛去

這一箭不是射向天衣居士。

也不是射向老林禪師。

更不是射往神針婆婆。

——在發射之前，他彷彿還對那支箭叫了兩個人的名字。

他射向誰？

他往陣外射去。

天衣居士駭然。

他向老林禪師疾喝：「快，打我一掌！」

老林怔住。

不明所以。

天衣居士再叱了一聲：「出掌，打我，檀中穴！」

老林連忙一掌打去。

天衣居士中掌，向遠處尖嘯了一聲：「快伏下！」

他這一聲，傳了老遠老遠開去。

他是憑藉了老林大師掌力而發聲的。

大概在「有味嶺」（離開老林寺約三里半）附近疾奔的張炭和蔡水擇，突然都聽到這一聲叫喊。

然後他們也緊接著聽到另一種聲音。

一種破空的急嘶。

這時候，張炭跑在蔡水擇之先。

主要是因爲蔡水擇負傷較重。

張炭領先蔡水擇至少有半里遠。

蔡水擇第一個反應已不暇思索。

他原在疾掠中。

一
地
箭
　倒於
嗖
　即倒
地
　立
　撲
自他
　他
他
頭
頂
飛
過

張炭正在前面奔行。

蔡水擇一面撲地一面大叫：

「躍起！」

——是躍起、而不是撲倒。

因爲箭勢已變。

這一箭射他不著後，竟有靈性似的，箭路自改：

一
箭
斜
射
向
背
心

天衣居士的呼聲張炭先聽到了。

緊接著是破空之聲。

還有蔡水擇的呼喊。

他知道已遇上了狙擊。

張炭已不容細思。

他相信蔡水擇的話。

他突急促躍空——

那

一

箭

射

空

斜釘於地上箭翎兀自顫動著，就像一座瘦瘦的碑

張炭卻似從鬼門關打了一個轉回來。

——好可怕的箭！

◇◇◇◇◇◇

元十三限仍在老林寺毀陣內挽弓，卻射向了已奔行到「有味嶺」的張炭和蔡水擇。

元十三限皺了皺眉頭。

——臉上的毛髮本來是繪上去的，而今卻完全成了真的虬髯亂髮。

還有濃烈的眉。

他彷彿已感覺到那一箭沒有命中。

他的箭壺中本有九支箭。

八支青黑色的箭。

只一支紅。

赤紅。

紅色小箭。

——現在只剩下了七支箭。

他跟他的箭彷彿已「心靈相通」：箭有無中的，雖看不見，他竟可感應得出來。

他又拔箭。

拉弓。

——這一次，他要射誰？

五十　重擊

天衣居士全面發動陣勢。

他絕不能再讓元十三限射出他的箭！

他念念有辭，眉髮迅速轉白。

◇◇◇

狂飆起。

殘垣廢瓦捲起，自成氣牆，夾雜著一切碎破虛空，但任何銳物利器，都難以穿破這道「殺風景」的牆！

元十三限笑了。

笑聲在碎物破器互撞交鳴中聽來，份外瘋狂！

他（達摩）的樣子看來就像是一個瘋子！

一個豪傑一般的瘋子！
他仍搭著箭。
拉著弩。
箭矢穿不過氣牆，他射什麼？
他正對那支矢喃喃呼喚著一個名字。
他的箭尖竟是——
向著地上！

◇◇◇

——難道他射的不是人，而是地？
這豪傑一般的瘋子竟要與大地爲敵！？

◇◇◇

嗖地一箭，直向地射去。
直射入地。
沒入地裡。
穿行地中。
然後「噗」地一聲，自躺在地上的神針婆婆胸上濺血疾射而出！

◇◇◇

本已受了重傷，只剩下一口氣的織女，怎再堪此一箭？

◇◇◇

這一箭，既殺了神針婆婆，也傷盡了天衣居士的心。對他而言，這是足以致命的重擊。

元十三限大笑。

狂笑。

他像豪傑一般的笑著。

笑態甚狂。

笑意極瘋。

他又抽箭。

——壺裡還有六支箭。

這一次，他是往天射箭。

——難道他射的不是人，而是天？

這瘋子一樣的豪傑竟敢與上天爲敵!?

天衣居士見勢不妙，他雖心傷欲死，怒忿填膺，但仍不失機敏。

他向雷陣雨（老林大師）狂吼一聲：「打我靈台穴！」

這次老林和尚反應忒快。

他一記「霹靂雷霆」就發了過去。

天衣居士大叫了一聲：「趴下！」

語音就像一道電強般遠遠的傳了開去。

這時，元十三限也發了箭。

「嘯——」

箭如一溜星火，竄入夜穹不見。

這次他倒沒呼喊任何名字。

張炭和蔡水擇已如驚弓之鳥，仍在奔行。

他們已接近「藥野」一帶。

這時，迎面來了一個人。

一個極其、極其、極其高大的人。

——不，兩個人。

是兩個極其高大的人揹揹在一起，所以乍眼看去就像是一個極其魁梧的巨人。

月色下，那人便是唐寶牛。

他背著另一個彪形大漢。

那巨漢當然就是朱大塊兒！

◇◇◇

朱大塊兒格殺了「風派」劉全我，唬退了顧鐵三後，也不支倒下，唐寶牛揹著他趕了過來，搶援「老林寺」這兒的戰情。

唐寶牛初以爲是敵。

但也立刻弄清楚了。

——原來是蔡水擇和張炭。

（看來都負傷不輕！）

（尤其是那蔡黑面！）

（老林寺的戰情想必也十分激烈！）

是以，他喜得張大了嘴巴招呼道：「喂，你們——」

——「你們」什麼，誰也不知道。

——那多半是廢話。

——人與人之間招呼問好的話，多半是廢話，什麼「你好嗎？」、「今天天氣真不錯！」、「吃過飯沒有？」、「逛街嗎？」、「這樣得空的？」、「哇，真是越來越好看了！」、「你氣色真好！」……諸如此類，多是口不對心、不知所云的廢話。

但人與人之間的交往，完全沒有這些廢話來滋潤，也可還真不行呢！

唐寶牛接下去要講的「廢話」是什麼，可沒有人知道。

因爲沒有人聽到。

——原因是他還沒說下去。

一道尖銳的語音，已如憑空電殛，腰斬了他的語音：

「趴下！」

那是天衣居士的警示。

張炭和蔡水擇已見識過那神出鬼沒憑空而來的箭矢了。

所以他們兩人馬上反應：

立即伏下。

可是唐寶牛卻不知道是怎麼一回事。

他見兩人忽然趴地，活像餓狗搶糞，還覺得十分滑稽、非常可笑。

但就在這時——

箭就來了。

箭射唐寶牛！

◇◇◇

這突如其來的一箭，唐寶牛猝不及防，也不知道（更來不及）如何去避。

何況他身上還揹著人。

何況他背上的人還受了重傷！

◇◇◇

趴在地上的張炭和蔡水擇一齊駭然大叫：「趴下！」「趴下！」

但已來不及了。

——元十三限的「傷心神箭」豈容他有一瞬半刹的猶豫？

箭已射著了唐寶牛！

箭鏃已射在唐寶牛胸口！

了。

——除了穿心透背當場身歿之外，唐寶牛已沒有第二個下場可以讓他再上場了。

稿於一九九一年九月七日與耀德在南洋商報禮堂演講：「二十世紀末文學的發展與辯證——港、台、新、馬文學通俗化與庸俗化的趨向」

校於九一年九月十三日與德師赴馬大朗誦：「大悲十九首」、「江南」、「蒙古」三詩／十四晚，赴馬大中文系文學雙周「心穹留痕」之夜。

第二章　那個像瘋子一般的豪傑

五十一　截擊

眼看唐寶牛就要死在這一箭之下。

箭鏃已刺胸。

唐寶牛甚至已感覺到這一箭透胸而出的滋味。

但沒有。

這一箭沒有穿心。

箭勢陡止。

◇◇◇

這一箭給一人一手抓住。

手小。

白皙、潔淨、修長而秀氣。

但有力。

——就是這一隻年輕得泛著緋紅的手，一手握住了箭。

及時止住了這一箭。

截擊了這一箭。

◇◇◇

——這是誰的手？

他是誰？

月下，唐寶牛一見這個倏然而至的人，就覺得自己很矮小。
也很渺小。
來人的手很年輕。
人的年齡卻很老。
這人銀髯無風自動，憂心忡忡的道：「元老四的箭法又有大進。」
說罷折箭，徐立轉身，就要飄然而去。
——他原本是半蹲於地爲唐寶牛接住這一箭的。
這人站了起來的時候，唐寶牛才發現他長得並不如何高大。
甚至還矮自己兩個頭。
——頂多只有五尺三寸高！
只是氣勢淵停嶽峙，氣派懾人。
——這使得唐寶牛第一次領悟：原來人長得高大並不就算高大，主要還是人的本領和氣派，那種高大直要比形貌上的高大更高更大。

這才是真正的高大。

——否則，一個人再高，怎麼也高不過一棵樹，高不過自己手中建造的一座塔，甚至還高不過一隻長頸鹿！

◇◇◇

他還弄不清楚這救他的人是誰。

但他背上的朱大塊兒卻說話了：「前前前前輩……你是豬豬豬豬豬……」

他說得結結巴巴。

唐寶牛大詫。

——怎麼這小子卻說這救命恩人是「豬」！？

他卻忘了朱大塊兒一急就口吃。

一怒便結巴。

——還有，一旦害臊、畏懼以及過於崇仰，也會說不來完完整整的話。

他正有點不好意思，想告訴眼前這一伸手就截下了這一支要命之箭的前輩：朱大塊兒一定受傷過重，以致神智失常，語無倫次，不識好歹了。

卻聽那仍趴在地上的張炭接下去道：「前輩可是先生？」

那人一頓足，目光一逡，截道：「你是『天機組』的張炭？爸爹可好？那是『黑面蔡家』的蔡水擇？『桃花社』的朱大塊兒？還有『七大寇』的唐寶牛吧？」

他就這樣看了一眼、說一個人的來歷家世姓名，都全無錯漏。

只聽蔡水擇顫聲道：「您老人家不是正遭『六合青龍』的伏襲嗎？怎地……」

那人道：「他們六人是來了，要佈陣，但『四大名捕』也來了，正決戰於『洞房山』。」

——四大名捕也來了!?

（那麼眼前這位豈不就是——）

唐寶牛爲之瞠目。

他想看仔細些。

但那人已然走了。

月下一空。

那人倏然而去。

如他倏然而來。

他拋下了一句：「我去趕援許師兄。」就不見了。

好半晌，張炭才咋舌道：「咱們應先趕去洞房山。」

蔡水擇卻滿臉憂慮。

張炭看了出來，問：「怎麼了？」

蔡水擇搖首苦笑道：「沒事。」

張炭頓時拉長了臉。

蔡水擇只好反問：「你怎麼了？」

張炭也學他口氣道：「沒你的事。」

蔡水擇只好道：「諸葛先生是接下了那一箭——不過他的虎口也給震裂了，還在淌血。」

他心細如髮，觀察入微，雖負傷如此之重，但這小節仍逃不過他的利眼。

元十三限狂笑得像一個發了瘋的豪傑，對著他的箭喊道：「許笑一、雷陣雨，你們誰也避不過我的利箭！」

◇

天衣居士因爲神針婆婆之死，心傷透了，陣法也亂了。

——亂了的陣法又如何困得住元十三限這等絕世人物？

◇

元十三限又擷箭。

這次一弩二矢。

一射地上。

一直射。

他一弓竟可有兩種完全不同但殺傷力俱有同樣可怕的發箭方法！

射於地的那一箭，是對付老林禪師的。

他要取這老和尚的性命。

——同樣是往地上射去，但與剛才的一箭，卻有很大的不同：

箭射地再穿出又入地

再上穿又入地疾射上

疾取老林和尚之咽喉！

另一箭則全無花巧，直釘天衣居士額頂！

不約而同的，老林禪師和天衣居士一齊尖嘯和尖呼起來。

老林禪師的手上又多了那一條紅布。

他一甩手，紅布已捲住了疾箭。

但他只能對激矢阻上一阻。

也只不過是阻了一阻。

嘶——

帛裂。

箭依然迅射老林禪師的咽喉。

眼看要著——

這時候，老林禪師的臉色劇轉。

劇變。

一下子，成了全白。

白堊一般的慘白。

那箭鏃已及喉嚨。

箭尖未破肌，但膚已遭箭風激破。

就在這生死一髮間，箭尾遽然炸開了火焰。

——這破土急射的一箭，成了火箭。

箭尾一旦著了火，箭立即改了方向。

箭似給那火焰燃起動力，改往後激射，遽爾作了一個大兜轉，竟釘向元十三限的心窩。

在老林大師奮運「翻臉大法」以來人之攻勢反攻來人之際，天衣居士的臉也突然掙紅！

全然掙紅。

——織女死了。

——他也不想活了。

——他要爲織女報仇。

——他的兒子死於元十三限手上。

——那是他唯一的兒子。

——而今妻子也喪在這人的手裡。

他已別無選擇。

他要殺了他。

殺了這個他命裡的剋星。

於是他祭起「天衣神功」。

——一旦運聚這種功力，他就算今晚能免於難，恐怕也活不長了！

可是他要先殺了他的煞星。

——元十三限！

五十二　衝擊

他雙手突然一拍。

挾住了那一箭。

◇◇◇

（那是不可能的！）

（他不是已經真氣走岔，經脈封死，內力全消，形同廢人了嗎！）

（現在他出手的功力，簡直就似他當年雄風一模一樣！）

（誰也接不下我這一箭！）

（可是他接下了！）

（但箭力未消！）

他連同箭一起「射」了過來！

（他成了箭！）

（「天衣神功」連同「傷心一箭」的殺傷力和實力，豈是我獨力能接得下來的！）

（怎麼辦！）

（沒辦法！）

（只好硬拚！）

◇◇◇

元十三限運起「忍辱神功」。

祭起「山字經」。

他乍地發出一聲怒吼：

「君不見——殺！」

◇◇◇

他的箭正向他射來。

兩支。

一支來自天衣居士。

一支來自老林禪師。

他不能以一人之力，同時對付天衣居士的「天衣神功」、老林大師的「翻臉大法」和他的兩支「傷心小箭」。

他在這剎間喝了一聲：

老林天衣都同時一震。

就在這一剎，他的影子投於牆上忽爾清晰黑厲了起來。

他的元神已轉入在影子裡。

他的肉身是塑像。

達摩金身。

他分身出影、飛影化身。

天衣居士與老林禪師兩人雙箭穿身而過。

老林禪師以「霹靂神火」的箭炸在天衣居士以「天衣神功」所馭的箭上。

「呼啦」一聲，二箭碎折。

可是天衣居士忽然如箭哀哀折落。

老林禪師強自斂定心神，搶身扶著天衣居士。

天衣居上嘴角溢血。

老林撼動不已：「你怎麼了……」

天衣居士慘笑，他眼角流出了血痕。

老林哽咽道：「我知道，你是怕誤傷了我，所以硬生生撤掉神功，因而盡傷經脉——」

天衣居士鼻端也淌出了血珠。

老林已說不下去。

元十三限如鬼魅一般出現在老林禪師的後頭。

他猝然出手！

十指急拿老林禪師背門十二大要穴！

老林禪師知道天衣居士為不傷及自己而致傷重，致使神駭意亂，竟似全未察覺元十三限向他背後出手！

天衣居士正感覺到生命飄落折斷的痛楚——那就像一片葉子要離開枝幹了，就待一陣風吹來，猛然運聚了「天衣神功」而又自行全然盡洩，對誰來說，這都是無法承受得了的消耗；對他而言，更是生命的迅疾流失。

生命正在逐漸離開他了。

——但更重要的是：他也正逐漸離開了生命。

因爲生已無可戀。

——快樂才活下去。

悲傷又何苦賴活？

人在悲傷的時候，很容易就「不想活了」。

其實，只要撐得過這一個關隘，就可以繼續求生下去，但偏偏這「一陣子」不易度過：一旦過不了，便死生契闊、陰陽相異了。

天衣居士本來是淡泊無爲的人。

這種人有兩個特色：一是可以無所爲也無所求的活下去，一是甚至活不活下去都不重要了。

此際，他生命的火焰已燃到盡頭。

他先失去了兒子，也喪失了妻子，他原想爲剪除宿命中和家國巨讎蔡京盡點力，偏他又不是自己師弟元十三限的對手。

所以，他已失去求生的理由。

沒有了活著的意志。

——算了吧，大家都走了，我也生不如死，就不如死了吧……

一個人失敗了不一定就真的是失敗，但認命了才是真的無可救藥了。

他聽得到生命遠離他的跫音。

他看得見死的親切。

他感覺得到死亡和他的貼衣相暱。

他連「報仇」的慾望都消失了：

罷了，世上有的人害人，有的人爲人所害，我只不過是被人所害的人而已……那也只不過是一種人而已，在業力巨流裡，誰都沒什麼可以不忿冤屈的。

他一旦認命了，生命之火便遇上那一陣適時的風。

——火將熄了。

這開在人間樹上的一張葉子、即將歸根飄落……

就在這時候，他看見，老林禪師遇危！

這景象反而使他睜大了眼。

不能死！

——朋友有險！

一下子，求生的意志又上來了！

——大仇未報！

老林禪師遇險的情形衝擊了他。

——如果老友死在他眼前，他死不瞑目。

希望朋友不死反而成爲他一種不死的意志。

意志力有多大？

——不知道。但那至少是人類最大的一種力量：沒有它，從一條小路到萬里長城，人類都走不出來做不出來，這萬物之靈也就不靈了。

◇◇◇◇◇◇

老林禪師就在天衣居士震駭的眼神裡讀出了一件事：

他不放心！

——不放心什麼？

他看入天衣居士的眼瞳。

於是察覺他背後十指箕張的敵人。

卻在此際，元十三限又陡然發出一聲大喝：

「你也死吧！」

他的雙手已抓住老林禪師。

他發出大喝也有他的理由：

（高手過招，生死相搏，絕不會做毫無意義的事：事實上，一絲微不夠精細的行動都會使自己馬上喪失任何補救的能力——所以真正武林高手的意義是深諳如何把握現在，乃至一瞬間、一刹那，而不相信什麼輪迴、投胎、報應等後續舉措。萬年千秋，都僅在今朝；生死成敗，也只在此間。）

他高傲。

他要提醒對方：

我在攻擊你。

——儘管那是他必殺之敵！

他深謀遠慮。

他那一聲大喝，正是「一喝神功」，足可震得對方失心喪魂，喪失了戰鬥的能力。

活著的能力。

果爾這一聲喝，使老林禪師本從天衣居士眼瞳中看到背後的大敵，卻仍不及反應。

他一把抓住了他。

他要把他摔出去。

摔到生命之外的地獄去。

——就算那是一座山，以他的「大摔碑法」，他也大可把對方像一尊瓷器般摔碎摔裂！

五十三　攻擊

沒有裂。

——甚至沒有「起來」。

他抓住了老林禪師。

可是並沒有成功的把對方抓起來。

——老林大師就像是整個人都黏在地上：甚至是跟整個大地都緊黏在一起了！

恨地無環。

就算元十三限有蓋世神功，滅絕大力，也總不能把整個大地都掀翻起來。

就在這時，元十三限忽然感覺到一種詭異／怪異／驚異至極的情形。

那是一種：

日共氺火　列衣

——分裂開來的「爆炸」。

他的頭，彷似已和身子分開；他的身子，彷彿已和盤骨裂開，他的人，似已分成了三個部份；他的生命，便要給切開了三段。

——當然，這一切，得有一個「先決條件」：

如果不是元十三限的話。

◇◇◇

元十三限在這一刹那間領悟：

老林禪師的「翻臉大法」及「霹靂神火」，已修到不需要藉助任何火器，只要敵人的身子沾及他，他就能把「爆炸力」傳達過去，在對方體內造成爆炸斷裂的效果。

——可惜他的對手是元十三限。

老林禪師把內勁傳入他體內——但在還沒有「爆炸」之前——他已先將之轉傳入地底裡。

——然後才「爆炸」。

這爆炸力仍然爆炸了開來：

在地裡爆炸。

老林大師原本跟大地連在一起，現在突然失去了依憑。

元十三限已把老林和尚抓了起來。

他正要把雷陣雨摔出去。

——向著山壁甩過去。

就在這時，天衣居士突然睜目。

徐徐挺立。

一拳向元十三限打去。

這一拳也並不出奇。

也沒有特殊的變化。

但這一拳精華在於純。

十分純粹。

——純粹得甚至沒有技巧，也不需要技巧。

那就像是一個小孩子的動作。

這動作很純。

——小孩子出手取物，一定全神貫注，爲取物而取物；大人反而會分心分神、留有餘力，就算取物，也心散神移。

心一分，動作就不純粹。

神一散，攻擊就不純粹。

這都因爲天衣居士快死了。

他已回到小孩般的純真。

而且純粹。

——這是一記純粹的攻擊。

這種攻擊，對一向複雜、詭異、刁鑽、古怪的武術大家如元十三限者，反而是最驚懼、頭大、難以應付的。

元十三限只有突然把左手上的弓一橫。

他以弓使出了「一線杖法」。

守。

死守。

苦守。

——且在死守苦守中反守爲攻。

就在這時，突然發生了一個變化。

天衣居士的袖子裡飛出了一事物。
那事物急、速、且快極。
迅取元十三限的印堂。
元十三限一偏首。
他以右手發箭。
以手擲箭之力居然還在引弓發箭之上。
更快。
更狠。
也更準。

◇◇◇

啄!
那事物一擊不著，自行變化，啄著了元十三限的右目。
元十三限大叫了一聲。
——失目之痛，使他狂嚎了起來：

「以天下英雄爲弓，以世間美女爲箭！」

這是他的狂呼。

咆哮。

——也吼出了他多年以來鬱鬱不得志的懷抱。

◇◇◇

著！

「噗」的一聲，箭穿過了天衣居士的心胸。

——透胸而出。

天衣居士徐徐倒下。

帶著一種：「死也不外如是」的微笑。

他臨死前還不忘下令：

「乖乖，走吧，再也不要回來。」

乖乖是鳥。

他那一隻心愛的鳥。

聽話、溫馴、十分靈性的鳥。

乖乖一向聽他的話。

——在「白鬚園」裡，他豢養無數珍禽異獸，但這趟出門，卻只帶了這隻鳥出來。

因爲乖乖最乖。

可是現在乖乖卻不聽他的話。

牠飛了回來。

牠側著頭在看主人的傷口。

牠的眼神竟是憂傷的。

——主人的傷口正在汩汩的流著血。

牠飛了回來，啄尖上還有血漬。

那是元十三限給啄瞎一目的血。

牠一回來，天衣居士就笑不出了。

急了。

他剛才強撐出手，是因爲擔憂好友雷陣雨老林禪師的遇危。

現在他不敢死，是因爲不忍死。

不忍見乖乖爲他而死——元十三限在盛怒中必殺乖乖以報瞽目之仇。

他更急。

他想揮手趕走乖乖，可是手已不聽他的指揮。

乖乖不走。

牠啁啾了一聲。

哀鳴。

——那一聲裡說盡了許多無盡意：一種與主人誓死相隨永不背棄的情義。

◇◇◇

元十三限怒嚎忽止。

老林禪師又反撲了過來。

——天衣居士的「純拳」加上乖乖小鳥的飛啄傷目，使元十三限無法及時把老林禪師殺掉，雷陣雨又以驚人的殺志反攻了回來。

他震起霹、靂、雷、霆。

他以一種不惜炸得自己粉身碎骨的勁道來炸死他的敵人。

元十三限立刻反挫。

他使的是「挫拳」。

雷陣雨的攻擊立即變成了到處受制、動輒受挫——就像蛇噬時忽給捏住了七寸，飛鷲突然折了雙翼，魚忽爾失去了水——他的攻勢反而變成了對他自身的攻擊。

同時元十三限也叫了一聲。

啁啾。

如同鳥音。

——「一喝神功」的變調。

那隻小鳥乍聞如聽雷殛。

靜立。

——飛不動了。

元十三限的手已疾伸了過來。

——那是一隻要捏殺牠生命的手。

校於九二年六月底
自成一派三劍飛抵吉隆坡

五十四　打擊

就在此時，一隻、非常、白皙、秀氣、的手，也疾伸了過來，就跟元十三限那隻黑手握了一握。

一下子，殺氣全消。

小鳥乖乖飛走。

戰鬥停止。

只剩下了人。

——將死的、重傷的、憤怒的和平和的人。

◇◇◇

看到了這個人，元十三限自己忽然掉進了悲恨忿憎交集交織的千丈濤萬重浪裡，他有窒息的感覺——也因爲這樣，求生的意志也特別厲烈，甚至不惜殺死所有人來求得自己的一息尚存。

看到了這個人，他彷彿看見自己過去所有的屈辱、恥辱與忍辱。

看到了這個人，他頓時像看到自己過去所有的悲酸、辛酸和懷才不遇。

他一切的奮鬥，都是因爲這個人。

或者說，如果不是這個人，他根本就不需要奮鬥，至少不需要如此奮鬥。

——如果這個人不是他的同門，不是他的熟人，他或許就不必如此耿耿。

人總是對自己身邊的人易生嫉妒——不是熟悉的人就算大成大就也與他無關。

這個人跟他關係極親極密。

這人在當時當代也事關重大。

他當然就是

——諸葛先生：

諸葛小花！

看到了這個人，天衣居士就覺得自己可以死了。

——因爲他一定會爲自己報仇的。

——因爲他一定能力挽狂瀾的。

——因爲有他在，他帶來的人，都有救了。

——因爲他就是信心。

他有一種讓人信任的能力。

就算飛沙走石，他仍穩如磐石；就算驚濤駭浪，他也雄停嶽峙。

他看見了這個人，就放棄了掙扎。

他死了。

死在這個人懷抱裡。

他虛弱得甚至來不及說一句話。

打一聲招呼。

但他覺得自己把話都說了。

而且對方都聽得懂。

並且一定會爲他完成他未做完的事。

這個人當然就是：

他的師弟：

三師弟——

諸葛小花！

——諸葛先生！

◇◇◇◇◇◇

看到了這個人，他才能「癱瘓」了下來，一下子，他的四肢百骸，一起哭泣呻吟給自己的關節和創傷聽。

他苦鬥。

苦戰。

——人生本來就沒有不勞而獲的事。

不勞而獲，常常就會變成一無所獲。

他參禪以後，絕對堅信：一日不作、一日不食的奉行。

這次他爲朋友而兩脅插刀，拚死跟元十三限這等大魔頭拚命，結果，眼看還是挽不回敗局：

織女慘死。

天衣居士垂危。

——這兩人一死，只怕取道甜山的各路好漢，也無一能有所倖免了。

到了此情此境，此時此地，他也只有拚了老命算了。

他其實已傷重幾死，但他強撐不倒，是因爲不能倒，更不能死。

結果他卻見到了這個人。

這個幾乎連在江湖上如此輩份和武功上如此修爲的他，也當對方是一個傳奇的人物：

——諸葛先生：

諸葛小花——

◇◇◇

諸葛先生的乍然出現，對元十三限而言，是至大的打擊。

打擊，有時候不是在肉體上受到猛烈的攻擊。有時候，就算是絕望、挫折、傷心、失意都比身體上受到的打和擊更沉重。

——傷心永遠比傷身更傷。

誰都怕打擊。

只不過，有的人，當打擊是他一種奮發的力量，正如風吹火長、風助火盛，如果給風一吹就熄滅了、那麼就是經不起打擊了：好劍是在烘爐裡打磨出來的，一個禁不起打擊的人，決算不上英雄好漢！

元十三限見著諸葛先生，就像迎面當頭應了一個打擊。

——他知道自己的計劃和所佈的陷阱已失敗了。

諸葛先生雖然及時趕到，但他一上來，也承受了一個至巨的打擊：

天衣居士死了！

◇◇◇

天衣居士是他的師兄。

——「自在門」四師兄弟中，大師兄懶殘大師始終如同閒雲野鶴，總是神龍見首不見尾。四師弟元十三限，卻與自己交惡，也交戰了多年，從始至今仍是敵非友；就二師兄跟自己特別要好。

那是一種緣份。

這次天衣居士再度出山，赴京赴約，爲的就是聲援支助自己——然而，卻出師未成身先死。

天衣死：

就死在自己跟前。

自己懷裡！

——這對諸葛而言，不啻是一個最大的打擊！

他親眼目睹四師弟殺二師兄！

而他竟不及相救！

不及相阻！

眼睜睜地看著。

許天衣死！

◇◇◇

由於彼此都受了打擊，所以都自極大的恨意，繼而生起了極強烈的殺機。

諸葛先生綽著一柄槍。
一柄風姿綽約的槍。
——足以搶掉了所有和所有人鋒芒的槍！
元十三限拉滿了弓。
他的弓正愛情著箭。
——專傷人心的箭！

五十五　交擊

兩人不說一句話。

這兩個武林中的頂級高手，彼此都輩份極高，都手握重權，門人弟子，各有成就，兩人還份屬同門，相知甚深，相恨也仇深似海。

——世間裡有些怨仇是解不開的。

——一旦仇怨越積越深，有時候解開要比繼續解不開所付出的代價還要大！

所以有仇應當速解。一旦解不了，可能就一輩子解不了的了。

有人說：時間會使一切淡忘。但同樣的，淡忘在時間裡的運作向來一視同仁，連原來的感情也一樣給淡化了。

就像諸葛先生知道元十三限的心裡，只剩下了：

深深情仇，深深的恨。

——只要你恨一個人，恨到了極處，可能早已忘了原來是憎恨他什麼的了，只知道繼續恨下去，無論他做了什麼，不管好的壞的，你都只會更加恨下去，更恨多一些。

諸葛先生自是明白這一點。

他也看透了這一點。

——七擒孟獲，以德報怨，負荊請罪，感化讎敵，有時候，只是政治手段，因人而異，對某些人，你寬恕厚待他只是傷害自己的一種行爲。

諸葛先生不是個虛僞的人。

——寬恕不一定都是好事，有時只是婦人之仁。

如果天衣居士還沒死，事情或許還有化解的一日……諸葛先生此際覺得一切已不必化解。

他只需要報仇。

所以他立即動手。

——對付元十三限這等大敵，他一上來就動了殺手。

他與元十三限已不只一次交手。

——這樣的大敵，非出殺手鐧不能制勝。

可是殺手絕招往往不止於取得勝利，還要取敵之命。

要不然，就得自己送命。

——可是，在別的武功都難以奏效的情形下，纏戰無益，久鬥不利，他要的是儘快以絕招一決生死。

所以他拔槍。

開槍。

◇◇◇

元十三限也是這樣想。

他的眼睛好疼。

那一種疼痛不是感覺出來的，而是直入腦髓，深入骨髓，再擴散到四肢百骸裡去的。

——諸葛「及時」趕到，使他心裡瞭然，他在京裡所佈置的「疑陣」，必已給諸葛先生識破了。

而且也定必給攻破了！

他著「托派」黎井塘、「海派」言衷虛、「落英山莊」張步雷、「天盟」張初放等人，突襲「發夢二黨」，故意造成一種「蔡京在京裡的勢力全面奪權」的聲勢。

——既然蔡京急於在武林中奪權，那極有可能也在朝中翻雲覆雨、甚至改朝換代！

事實上，以蔡京在朝的實力，已足以「把皇帝換換位子坐」——就算他自己不坐上去，也大可找個傀儡皇帝來操縱自如。

蔡京也同意這樣做。

沒有他的授意，元十三限還不能直接指揮張步雷、黎井塘這一干人。

蔡京不只是爲支持元十三限才讓他這樣故佈疑陣的。

——蔡京這種人，是絕不可能因小失大的，他只會因極其鉅大的利益而犧牲他身邊或手上的人，且不管那是誰：這一點，他是個政治人物，絕對六親不認，五毒在心，且七情決不上臉。

蔡京這樣做，除了要促成元十三限剷除政敵：諸葛先生之外，另一大用意便是要使京城裡亂起來。

越亂越好。

——他身處京師，且手握重兵，一旦出了亂子，豈不是火燒鳥窩？這對他這隻老雀，卻是有何好處可言？

蔡京卻正是要它亂！

因爲他知道皇帝雖然一味耽迷於書藝女色，荒疏朝政，但身邊仍有些高人能臣，屢屢進言，爲保住自己的帝位，自身的利益，有些話趙佶雖然不喜歡聽，但還是聽進去了。

——傅宗書死了，他迅即再取得丞相的權位，但皇帝對他已開始生疑失寵。

既然這樣，就讓他亂！

讓他自亂陣腳。

他實行雙管齊下：

他暗中遣使重誘金兵大舉南侵，讓南朝惶恐自亂。

他指使城裡道上的人物互相干戈、威嚇京師的安危。

這一來，朝裡自是人人自危。

一向只知耽於逸樂的皇帝也慌了手腳。

這就自然有求於他。

他才是安邦定國的重臣。

也只有他才穩得住這等亂局。

蔡京有此私心，所以他支持元十三限的計策：這一來，京畿大亂，足可把諸葛先生拖住一時！

但顯然的，諸葛先生並沒有給拖死在京城裡。

諸葛先生也看穿了蔡京的機心：

蔡京和趙佶，一君一臣，是唇齒相依，互為憑仗，誰也不能沒有了誰。

——換了個宰相，就不定能這樣使趙佶為所欲為、從心所欲了。

——換了個皇帝，也不一定能容這位極人臣、呼風喚雨的九千歲爺！

他們兩人，都依傍著對方，誰都不能失去了誰。

諸葛先生最能識破元十三限的心機。

當諸葛先生知道天衣居士來京「刺京」的行動，就知道元十三限一定不會讓許笑一入城。

元十三限想必會截擊天衣居士。

他也得去截擊元十三限。

元十三限只想要逐個擊破。

他也知道宿敵諸葛不易給拖纏得住。

——他已請動米公公去纏住諸葛。

——剛接獲的訊息：諸葛不是還留在京城裡的嗎？那麼，現在來的卻又是誰？

是誰走漏了風聲？

是誰洩露了消息？

幸而他已早有準備。

——表面上，魯書一和燕詩二都因事不能赴甜山之役，只有顧鐵三、趙畫四、葉棋五、齊文六能來；事實上，「六合青龍」可誰都來了。

——只要諸葛一現身，他就以六名愛將的「六合青龍」大陣圍殺之！

卻不料，來的竟不只是諸葛先生！

——連「四大名捕」也來了！

照理推測，「六合青龍大陣」之所以困不住諸葛，是因爲四大名捕接了這一陣。

那麼，面對諸葛這一陣，只好由自己來硬接了。

可是，他心裡仍狐疑不定：

——沒絕對的把握，諸葛先生和四大名捕怎會都不鎮守京畿，傾巢而出，來此荒山跟自己的實力相埓。

——諸葛先生怎麼能算得如此之定？

除非是有人通風報訊。

——是誰出賣了自己？

——還膽敢出賣相爺蔡京？

◇◇◇◇◇◇

無論怎樣，諸葛先生已至。

元十三限已久待這一戰了。

話都不必說了。

說了也沒有用。

他們現在只需要交手，不需要解說。

是以，元十三限也拔出了箭。

他的箭袋裡只剩下了兩支箭。

他拔了箭。

搭在弩上。

然後

箭竟——

不見了。

◇◇◇

這兩大高手，兩名宿仇，一人亮出了槍，一人搭上了箭，就要作出一場驚天動地，泣鬼駭神的大交擊！

◇◇◇

老林禪師爲之震動：

在他面前的兩個人，正要浴血決戰——

月色逆光映照在他們身上，一個像神，一個如魔。

——不管神魔，都比鬼還可怕。

那是一種泯滅天地、慘絕人寰式的淒厲。

當正邪決戰時，其決戰的殺力，是非正非邪、不慈不悲的。

老林和尚所見的是兩個像瘋子一般的豪傑，而這兩人，只有一條路可走：

——決一死戰。

他們之間，只一個能活。

——雖然，這麼多年來，正的邪的，屢經艱辛，不管道消魔長，還是魔消道長，彼此還活著，堅強的活著以使對方死亡喪命！

◇◇◇

箭，已上弦。

槍，已亮。

◇◇◇

——人心呢？

脆弱的心經不經得起箭穿？

——人呢？
羸弱的人體怎禁得起槍擊？

五十六　刺擊

兩人一見面，就動手。

一開始動手，第一步，就是退。

疾退。

退得極速。

諸葛先生只是白髮髮梢略揚了一揚，已退出了一丈。

元十三限只眼睛霎了一下。

一眨之間，他也退出了一丈。

兩人不約而同，都先選擇了退——保持距離，以策安全。

他們就像是遇上了什麼毒蟒猛獸，先拉遠了距離，才好反擊、謀定後動。

兩人各退了一丈，相距就是兩丈。

兩人在退的時候，膝不屈，肩不聳，已完成了退勢，就連絕頂高手在步法挪移時的微兆輕徵，在他們疾退之際都不曾稍現。

——一種勇退的姿態。

有時候，在人生裡，勇退要比勇進所需的勇氣更大。

◇◇◇

兩人一旦「落定」，一拔箭，張弩、瞄準，一綽槍、拗桿、振纓。

這瞬刻間，元十三限所扣在弓上的箭，突然「不見了」。

諸葛先生的槍卻變成了一朵花。

紅花。

——令人驚艷的花。

◇◇◇

槍有槍花。

這槍頭繫有大束紅纓。

槍尖連頭，紅纓便連振起艷花。

艷花如夢。

似幻。

——那一種美，是艷美，令人有美死了的感覺。

（就爲它死了也値得。）

就在這一刹間，諸葛小花就刺出了他的槍。

驚艷一槍！

◇◇◇

就在這時，「嗖」地一聲，元十三限在眇目厲嘯中，竟把拉滿的弩一鬆，射了一「箭」。

但他的弩上沒有箭。

——難道他發的是「空箭」？

同一時間，他的箭壺裡還剩有一支箭。

那支箭卻神奇地離壺而出，就像有人把它拉滿了怒射出去一樣。

諸葛先生正全神注意元十三限搭在弦上的箭。

可是，那一支箭，卻「消失了」。

另一支箭卻以銳不可當、沛莫能禦之勢暴射！

這一箭來得突然。

奇速。

正中諸葛先生的心房。

◇◇◇

這是傷心小箭。

它就是要傷人的心。

——傷透敵人的心。

這就是傷心之箭！

◇◇◇

諸葛先生不能避。
不及避。
無法躲。
躲不掉。
更來不及招架。
——招架也擋不住。
——這是可怕的箭，專傷人心！

◇◇◇

就在此際，諸葛先生的軀體上，發生了就算親眼目睹也必以為是幻覺的變化。
因為箭射向諸葛心胸之處，箭尖已及箭還未到之際，他的胸膛竟突爾出現了一個洞。
一個（完全）透明的洞。
那兒沒有肌膚。
也沒有肉體。

那就像一個人，胸膛忽然開了一個透明的洞！

那一箭就恰從那一個「洞」穿了出去。

——它卻是穿過諸葛先生胸前一個「洞」。

但卻不是它射穿的。

◇◇◇

同在這一瞬之間，諸葛先生已然反擊。

他的槍飛刺而出。

槍很長。

丈二。

但槍尖卻乍然離開槍頭，疾刺元十三限。

槍射出同時，諸葛先生叱了一聲：

「開！」

——他「開」了槍！

快得簡直不像「槍」，而像一顆什麼「鐵彈」似的。

這一槍，「刺」向元十三限的手。

左手。

手指。

尾指。

——如果這一槍是「開」向元十三限任何一處，元十三限都已防守，都避得過、擋得開，應付得來。

但不是。

槍只射他的尾指。

——一個最不重要也極不受注重的部位。

可是，只要元十三限想攻擊殺傷這眼前大敵，就得要張弓、搭矢，一旦要拉弩扣箭，一隻手自然便得暴露在敵人眼下——尤其是五指。

諸葛先生便選這一點發動了攻襲。

他一槍就刺了過去——

刺擊！

元十三限發現了這一點的時候，他也發出了他的箭。

他的最後一箭。

然後他才全面準備招架／防守／閃躲諸葛先生的這一擊。

他不一定能抵得住那一槍。

但他已下了決心：

——至多不過是犧牲掉一隻手指！

如果以一隻手指來換取諸葛先生的命，那實在是太划得來了！

——就算要他切掉了一隻手，只要能取諸葛之命，他也願意！

要是你呢？

——你願不願意？

其實一個人爲了打擊敵人，不惜犧牲自己，那是至笨不過、也對自己十分不公平的行爲。

一個人理應寧願把努力放在提升自己的事情上，設法讓自己超越過敵人，讓敵人爲打擊你而煩惱，這才是對自己有利的事——而不是以打擊敵人、傷害自己以作爲「報復行動」。

只惜，一個人的行爲受制於思想，而想法又受制於經驗，而經歷又受制於現實環境，縱是英才人傑，也難以超逾這些條件、制限。

元十三限恨諸葛先生。

——就算傷害自己、犧牲一切，他也要除掉諸葛小花！

◇◇◇

問題是：

除得掉嗎？

諸葛先生的「槍」還沒攻到他的尾指——約莫還有五尺左右——就突然變成了：一朵花！

——一個爆炸的「花」。

美麗如一場驚艷！

◇◇◇

——這一記「驚艷一槍」，原來是一個滅絕一切的爆炸。

這「爆炸」不是炸藥造成的。

炸藥無法有這樣的功效。

——至少這在當時辦不到。

諸葛先生純粹是用內力達成了這一點。

也就是說：這一槍的威力，既不必刺在要害，甚至根本不必刺到敵人身上，只要爆炸了開來，其威力已足以粉碎敵人、致敵死命！

五十七　射擊

爆炸發生了。

元十三限避不掉。

但他的「最後一箭」已射了出去。

那是無形的：

——原來有形的紅色之箭已在他詭異的內力引發下，完全消失了形體。

這是透明的一箭。

箭仍疾射諸葛先生的心胸。

這時候，諸葛的一掌，卻以拜佛之勢，豎於心房之前：

那一箭看不見。

所以沒法躲避。

那一箭沒有聲。

所以不能閃開。

那一箭連空氣也沒有驚動，但它卻明明是破空而至。

那一箭——

就釘在諸葛先生的心房上。

但諸葛那兒已直豎了一掌。

那一箭就射在他掌沿上！

——射擊！

◇◇◇

這一戰結束。

結束得極快。

甚至頗爲突兀。

——只留下了殘局：

◇◇◇

達摩金身留在寺內，但已完全碎裂，沾了血跡斑斑。

元十三限在爆炸甫起之時，破窡飛遁，得保殘身。

——達摩神像替他擋了一劫。

可是，這一槍「驚艷」在他身前，他得保殘生，也絕不會好過到哪裡去。

所以他立即飛遁。

臨去前還向要攔截他的老林和尚動手：

——那是「拳打腳踢，一招二式」。

一招便迫開了雷陣雨。

二式封住了一切敵人的追擊。

他一面急遁，一面恨聲／嘶聲／啞聲喊：

「諸葛……我們沒完……沒了……」

諸葛先生一手撫胸，慘然頷首，也喃喃地道：「我們也完不了……」

他也沒完全佔便宜。

他在胸口「自穿」一個「洞」，所以在箭穿射而過時，並沒有受到真正的傷害，但那種箭穿的痛苦，不但依然感受得到，而且還更慘烈。

此外，他的左手佛掌，釘著一支箭。

箭——如果他施的不是正宗佛掌，只怕這一箭還會震碎了他的掌骨與胸骨！

他破了元十三限的「傷心小箭」。

他更以「驚艷一槍」重創了元十三限。

但他自己也不好過。

所以他已無法追擊。

他心裡疼。

——可能就是這陣心痛吧，反而使他忽然想起了一些過去了的同時也湮遠了的事：

他和許笑一、元十三限一起拜在韋青青青門下……

他們一齊不分寒暑，咬牙苦練……

他們一同闖蕩江湖，並肩作戰……

他們一道兒快意恩仇，長街械鬥……

他們還在一起痛飲碎盃，用主持正義的手來愛撫女人……

可是，卻有這樣的一天，他們已彼此再不相容。

——甚至爲了打擊對方，所以才互相生出一種燃亮自己的熱情來。

自從有了小鏡，他們就不再是好友，不再是同門，更不再是弟兄。

他們是仇敵。

——何必呢？

何苦！

——爲什麼人總善於內鬨？

宋廷之所以積弱至此，也因爲只勇於內鬥，把對付敵人的力量集中來對付自己人，這是值得羞慚的啊！

是以，諸葛先生忍不住向夜穹猛地喊出了一句話：

「元師弟，你要是肯棄暗投明，發奮向上，你的傷我替你治，我的位子可以讓給你……」

夜空中也傳來了一陣嗚咽。

就像是一頭傷足的狗。

——英雄無敵的元十三限，負傷的時候，也只似一頭流浪而慘淡的犬隻不成？

「諸葛小花，你說的輕易。要墮落太易，要進步卻很難。這麼多年來你對我唯一做的就是礙著我的前路，今兒就算你真讓路給我，我也不習慣，除非我自行把你清除！你別假惺惺、佯好人了，我恨你，我看透了你，你心裡要對付我，但又要做好人。你只要屹立在那兒，對我而言就是一個惡毒的譴責。我殘忍是因爲要往上爬，你殘忍卻要當好人！諸葛小花，你休想我服你，我只要恢復得過來，這輩子，我仍然爲對付你而活——」

語音迄此，兀然而絕。

——也不知是說話的人突然走了，說不下去了，不說了，還是倏然沒有話說了。

對著月影，諸葛先生靜下來，苦笑。

元十三限的話，仍在他耳畔縈迴。

——句句都似他心裡的話。

但他仍是那個痛苦的他。

也許，沒有故事可以教訓得了人，除非是自己能夠憬悟什麼。或者，也沒有什麼話可以改變得了誰，除非那句話正好是他心中那一句。更重要的是，元十三限這一番話，使他更深刻的體悟到，人確是那一種邊說大家何必苦苦相鬥邊又鬥個你死我活的那類動物。

——一種比植物還不如的「動物」。

（然而，他自己，究竟也是不是這一種「動物」？）

或許是真的，元十三限這些話，不但是罵他，也罵中了他，罵醒了他。

他心底裡是不是也確有這樣潛伏著的魔性？

他喟然。

他喟息。

人與人的鬥爭中，怎麼總是以爲自己是對的，而別人一定就是錯？

——他看著自己縱錯複雜的掌紋，背影十分蒼涼；他身旁有傷重和傷逝的人，老林寺殘垣塌在那兒，那是一座荒山的嶺上，大地非常荒涼，月在天邊漸西沉。

◇◇◇

睿智如諸葛先生者，也沒預料得到這一戰對日後武林的影響。

連元十三限也意料不到：這一戰不只於他和諸葛先生的生死交戰，而影響也絕不止只在他倆人身上，甚至不僅在此時武林此際朝野將有重大影響，連同日後的人類歷史，也爲之完全改變了過來……

關鍵人物不是他們。

而是老林和尚。

他目睹這一戰。

他也曾力戰過，卻制不住「傷心一箭」。

——但「驚艷一槍」卻能！

那是一種爆炸力！

——一種莫大的力量！

這使得老林和尚下了決心：在有生之年要研究出一種武器——縱然練不成諸葛先生那種絕世無匹的功力，也可以機械和火藥的威力來造成同樣的殺傷力，這樣，就可以穩操勝券，令群邪辟易了。

是以，他要將餘生之歲月來潛研一種可媲美「驚艷一槍」的「武器」。

他能夠。

因爲他原是「江南霹靂堂」雷家的人。

而且是雷家堡的好手。

他是雷陣雨。

他終於有所發明。

——但世上好的發明不一定會給善用。

他終於創造出一種殺傷力極大、至鉅的武器，就叫做：

「炮彈」。

這時際，諸葛先生還在擔心：
——冷血、追命、鐵手、無情只怕已在私房山跟魯書一、燕詩二、顧鐵三、趙畫四、葉棋五、齊文六遭遇戰了吧？「四大名捕」能應付得了「六合青龍」嗎？
天漸高。
月漸小。

稿於一九九一年十月廿八日應中國青年寫作協會之邀參加「中國通俗文學研討會」出席「中國通俗文學總體相」座談會。
校於九一年十月廿一日至十一月廿日
與倩兒、何包旦、葉浩、國忠等赴台遊。

第五篇

四大名捕
決戰六合青龍

這故事告訴我們：

沒道理為了愛就得要為它犧牲，不管是愛國家、民族、愛情、自由，但你的命只有一條，沒了命就沒有自由、愛情、民族和國家了。

第一章　豪傑不是瘋子

五十八　圍擊

山高月小。

月蒼寒。

月華鋪灑於這荒山之巔。

山巔的巨巖就像一面屏風、一間房子。

大地沉沉，崖下有流水急湍洶湧，深不見底。

山峰上有人。

四個人。

四個人都俯著首，他們不是像諸葛先生一般，在端視自己手心的掌紋，而是在看自己腳下：腳下的影子！

他們當然不會無緣無故，來此荒山看自己的影子。

常看自己影子的人都是寂寞的人，因爲他們甚至沒有別人可看，只有看自己的影子。

這是一座寂寞的山，像一座遺世而獨立的小房子，就孤懸在此。

此山毗連緊接老林寺。

這是私房山。

此際古老的老林寺塌了。

山猶在。

人也在那兒。

他們不是來寂寞的，要赴寂寞的盛宴，在鬧市紅塵照樣可以寂寥不已——只要一顆心是寂寞的，何處不寂寞，更何愁不寂寞？只怕寂寞苦苦纏繞相隨，揮之不去罷了！誰也實不必到此深山來尋找寂意寞然的。

他們是來執行任務的。

他們在等。

等待。

他們守候：

守候一個人。

他們千里迢迢、夜行晝伏、風塵僕僕、不見天日的潛來這兒，爲的就是阻截這個人，並要格殺了他。

這個人卻絕對值得他們這樣做。

——只要這個人一死，在朝中能抗衡相爺的武裝力量，只怕剩下的絕不到一成。

這個人當然就是諸葛先生。

既然這四人在等諸葛先生，那麼，他們也當然就是：

「六合青龍」。

——只是，「青龍」有六條，他們只來了四人不成？

來了四條龍，能截得住諸葛嗎？

◇◇◇

他們也一樣在擔心這個：

只要諸葛來老林寺，他們就一定能截得住，但只怕六人還未齊集前，諸葛已經到了！

他們受元十三限之命，完全故佈疑陣：

表面上，魯書一和燕詩二仍留在京城，他們似有所異動，牽制住諸葛先生。

——諸葛先生若留在京城不動，他們也決不動身。

誰知道諸葛先生絕不好騙。

所以元十三限與蔡京商議的計策是：

一，最好是把諸葛先生「拖死」在京城裡，只要找些人鬧事、接二連三的發生刺客入宮行弒事件，萬勿真箇傷了皇帝（那是蔡京的「大靠山」！），但皇親國戚不妨殺他幾箇，只要諸葛先生護駕不力，緝兇無功，自然就會給皇帝撤職嚴辦，至少也會疏遠生疑！以功力論，到宮中搗亂的事，自是交給魯書一、燕詩二辦最好，加上蔡京佈在宮中人馬的接應，穩準把諸葛和四大名捕忙箇白折騰！於此同時，元十三限便可先行在京城之外堵截天衣居士，先行除掉一個心腹大患。

二，要是諸葛先生「膽敢」不理皇帝生死安危，出京保住天衣居士，元十三限亦早有連環計，只要他摸準了天衣居士的行藏（他認定許笑一稟性純厚，絕不肯拿手下弟子性命犧牲、轉移目標，故而只要知道有一個天衣居士的從員門生出沒，就可以捏準了天衣居士也一定會在那兒不遠，準沒錯！），屆時，六合青龍就會以祖師爺傳下來的大陣，圍殺諸葛小花！

三，所以，他先行把魯書一、燕詩二留在京城，把齊文六和葉棋五伴稱調派去攻鹹湖，然後由顧鐵三、趙畫四去打甜山。事實上，六大門徒，盡佈於「三房山」各處、只要一聲召喚號令，立即結陣，必殺諸葛！

四，蔡京和元十三限都算定了：諸葛先生和四大名捕，不可能同時離開京師！

因爲近日皇宮十分不平靜，諸葛絕不敢冒這個險，把自己嫡系人手盡皆調離出城，光靠舒無戲、一爺這干人物，萬一保不住聖上，那時誰能擔待得起？只要來的是一個諸葛，他們就以「六合青龍」的「乾坤大陣」圍殺之。如果來的是「四大名捕」，元十三限自可蕩平，一舉斬除諸葛小花的「四肢」。

是以，蔡京以爲算無遺策。

元十三限也以爲這次是贏定了的：

這時節，他們卻從犬吠聲的暗號裡得悉：諸葛先生來了！

葉棋五和齊文六是匿伏的援兵，先行得知，不禁大驚。

但魯書一與燕詩二已迅速會集。

他們自京城裡披星戴月地趕來。

他們早已先一步獲得風聲：

——諸葛先生果然沉不住氣，親身出動了！

想到他們將成爲捕殺武林中大名鼎鼎諸葛先生的一份子，誰都不禁大爲奮亢。

他們甚至忘了追究：

——一向審慎的諸葛先生何以採取如此大膽妄行，擅離戍守皇城職守。竟置天子龍體安危於不顧，直赴甜山之役？

意。

其實，諸葛先生一旦得知天衣居士來京助自己對付蔡京，就知道這位師兄的用

——無非是要「引蛇出洞」：

引走元十三限和他手下大將，尤其六合青龍，盡皆出動，暗示諸葛可趁此誅殺蔡京、除此政敵、殺此禍國殃民的罪魁禍首——這想來正是天衣居士的苦心。

簡而言之，是蔡京要利用在野在朝派系之實力與元十三限跟諸葛先生之間的同門互鬥，來進一步鞏固自己的勢力。元十三限則要趁此除掉天衣居士或諸葛先生。天衣居士卻要元十三限分心於他，吸住元十三限的注意力，以俾諸葛先生剷除政敵。

諸葛先生卻沒意思要殺蔡京。

原因是：

一，世上有些禍害，已到了深入膏肓，不能清理的地步了；一旦強加清除，反而使整個架構全面崩潰。宋廷積弱結禍已深，一旦蔡京失勢或身歿，取而代之的朱勔、王黼、蔡脩，只怕全都要比蔡京還要卑鄙無恥，而且不擇手段。蔡京一死，只形成亂局，對國家社稷，並無好處；至少此時此境，當朝上下，全是蔡氏黨羽，積重難返，惡瘤毒深，猝然一刀割除，只會使病人活不下去。跟金人「眉來眼去」、

「私通款曲」的蔡京，一力求和免戰，在朝中大受支持，一旦失勢，只怕金人深恐宋廷圖強，必定加緊進攻，然在國力不振，倉無積糧的情形下，金人的猛烈進攻，只怕難以阻擋；所以蔡京位高權重，更不能說死就死。

二，就算能平蔡黨，必由「舊黨」當政。蔡京打著「新黨」旗號，對「舊黨」恣意壓抑坑殺，實裡對「新黨」有才識不俯曲之士也照樣打擊屠戮。「舊黨」一旦經太后扶植而上，必全面反撲，屆時報復必熾積怨更深；而這一干人，飽受禍害，對在朝掌權者仇怨極深，很容易便造成逆反謀叛，宮廷內亂。這就像一個病久體弱的人，怎經得連帖猛藥？諸葛先生向來處事只對是非不對人，成爲兩黨不容之士。對蔡黨一夥，抗爭經年，反而造成一種「反恃」的實力，如果「新黨」一旦得勢，必把諸葛先生列爲敵對，屆時無論良窳忠奸，皆趕盡殺絕，更非社稷之福。

三，就算身邊沒有了元十三限和六合青龍，蔡京此人仍是不好對付的。朱勔、王黼各有高手保護，而笑臉刑總朱月明、翻雲覆雨方應看、天下第七，龍八太爺等，全是惡人中的大惡人、高手中的一流高手——蔡京，不是想殺便殺得了的。

所以諸葛先生先要弄清楚。

蔡京有無意思要篡位——一如王莽？

他跟四大名捕商議的結果是：

不可能。

蔡京雖多年來廣植羽翼，使皇帝不能剔除他、非他不可，但他的權力，實則仍來自於皇帝。

他跟趙佶臭味相投，相交甚深。萬一不是趙佶當皇帝，蔡京的位置也危危乎矣——當皇帝的誰不忌畏有人比他更權重名高？如果由他自己「取而代之」，以蔡京「禍國殃民」的惡名，加上金人隔江伺伏，以及舉國上下對蔡京的積怨，蔡京野心再大，也知道那是他不可跨越的壑溝！

所以他才不那麼笨，去當那勞什子的皇帝！

因而蔡京絕不會殺趙佶；反過來說，為了保持他的權勢，他得要保住趙佶的命和帝位。

是以諸葛先生很放心。

他決意要阻截元十三限對天衣居士的加害。

故此他把戍守重任，交予哥舒嬾殘（哥舒嬾殘因慕諸葛先生大師兄「嬾殘大師」，故改名為「嬾殘」；他因深諳六藝，聞多識博，為人滑稽突梯，還能歌善舞，痛陳時弊於嘻笑怒罵中，近日大受皇帝趙佶賞識，留在身邊，諸葛先生這才敢稍離君側），潛出京師，直奔甜山。

他一走，仍驚動了魯書一和燕詩二。

於是燕詩二與魯書一也飛撲甜山，會集其他四名師弟。

只不過，魯書一和燕詩二一旦動身，四大名捕也收到了風聲。

「不對勁。」

「六合青龍盡皆出動了！」

「一定是去伏擊世叔的！」

「我們去阻止他們！」

是以四大名捕也出動了。

他們請託舒無戲來看管大局。

於是局面就變成了：

天衣居士要引元十三限出京。

元十三限要趁此殺掉天衣居士，也有意引出伏殺諸葛先生。

四大名捕卻以突擊來阻止六合青龍的圍襲。

也許，唯一完全意外的是：

一，老林寺裡冒出了個雷陣雨。

二，元十三限藏身於菩薩像內，卻得天衣居士點化，悟得了「忍辱神功」和「山字經」的要訣！

這兩件事，延擱了元十三限下手殺天衣居士的時間。

但六合青龍在私房山的截擊也耽擱了諸葛先生。

諸葛先生在私房山上，立刻受到魯書一、燕詩二、葉棋五、齊文六的包圍。

所幸顧鐵三和趙畫四卻仍然未至。

——「六合青龍」，六缺二。

「乾坤大陣」佈不下來。

單憑實力，六合青龍來的只有四人，他們斷斷勝不了諸葛先生。

不過這圍擊卻可以阻截諸葛先生一陣子。

——只一陣子！

雖只一陣子，但對大局仍是有決定性的影響。

至少，已經定了天衣居士與織女的生死！

——這就是諸葛先生「來遲一步」的原因。

儘管，他在劇戰中已發出獨特的嘶鳴：

——在「自在門」中，懶殘大師葉哀禪、諸葛先生、天衣居士、元十三限的長嘯聲都各有不同。

——懶殘大師的長嘯是龍吟。

——天衣居士是鳥鳴。

——諸葛先生是犬吠。

——元十三限是狼嗥。

因而，諸葛先生在劇鬥中，欲以長嘯聲震懾住元十三限，也警告他勿向天衣居士下毒手，否則他定必誓不干休：

——那長嘯聲是說明了：如果對方狠心殺了天衣居士，他定必血債血償！

元十三限一直都不是諸葛先生的敵手，諸葛先生挑明了陣仗，諒元十三限在下手前也不能無所顧忌。

他卻沒料元十三限這回已豁了出去。

——他已練成了以「山字經」爲經、「忍辱神功」爲緯的心法，而且還與達摩金身合而爲一，自以爲已足可拚殺諸葛先生。

所以，他還是殺了天衣居士。

這時候，圍擊諸葛先生的陣容終於來了強助。

——自「藥野」給朱大塊兒「嚇走」的顧鐵三。

——給元十三限施「獨活神功」死而「復活」的趙畫四！

這兩人一旦聯手，「六合青龍乾坤大陣」立即發動。

這大陣自有一股神秘力量，剋制住諸葛先生的蓋世神功。

幸好這時卻來了四個人。

這四人發動了另一陣。

這一陣破了六合青龍的圍擊。

諸葛先生脫陣。

他再不戀戰。

他奔赴老林寺。

只是天衣居士已奄奄一息，終力盡而歿。

這逼使他以「驚艷一槍」決戰「傷心之箭」。

箭盡。

元十三限重傷。

諸葛先生也負傷不輕。

但他已攻破元十三限的金身，削弱了對手功力的四分之一；元十三限不住用已授門徒的絕技來對付諸葛先生，在他體內真氣更發生了十分詭異的變化，使他一刻不能稍延，馬上飛遁。

加上諸葛先生以先天罡氣炸震傷了他，只剩下一半不到內力的元十三限，依然能成功逃離。

只是兩人仇結更深。

來的四個人，當然就是「四大名捕」。

五十九　互擊

這時候，諸葛先生因有四大名捕破陣，已突圍而去，正奔赴老林寺。留下四大名捕面對六合青龍。

魯書一道：「看來，我們難免一戰。我們有六個人，你們只有四個，你們輸定了。」

燕詩二道：「既然你們是輸定了，不如就認栽吧，跪下來求饒，說不定我們心一軟，就放你們一條生路。」

無情忽道：「狗扯！」

燕詩二大怒：「什麼?我們放你一馬，先把好處說明，你卻這般不知好歹，出口傷人!?」

無情淡淡地道：「六個打四個，六個就必贏麼？人多就能勝，今日咱們早已打贏金兵了！你以爲這是市井屠夫們打架麼？虧你們還是習武的，還在武林中撐得起名號，卻是這般狗屁不通！」

魯書一怒道：「盛崖餘，你這是給臉不要臉！算啥英雄豪傑！」

顧鐵三道：「我們本就是六人齊心結陣，是你們先來突擊我們，輸了死了，就別說我們人多欺人少！」

趙畫四冷嘲道：「他們這等豪傑，自是不怕以寡敵眾，咱們就省了顧全吧，他們見咱們幾個還嫌人少呢！」

鐵手笑道：「豪傑不敢當。我們不是瘋子。」

趙畫四嘿聲道：「什麼意思？誰說豪傑是瘋子？」

鐵手嘆道：「這世上，本來瘋子豪傑就難分野。」

顧鐵三道：「你們連良禽擇木而棲都不懂，好好個相爺不投靠，卻去爲諸葛小花當走狗，確是瘋子！」

葉棋五冷哼道：「他們說的好聽，什麼為國為民為正義，說穿了，賴死拚命的，也不過是為權為名為利，還不是為貪愛慾望而生！」

追命笑喟道：「就算是為了愛欲，也沒道理就得為它犧牲。就算愛國家、民族、愛情、自由，但命只有一條，沒了命就沒有自由、愛情、民族和國家了，可是，有時候，不犧牲就沒有了這些，沒有了這些命也就不重要了。活下去也沒意思了，所以我們才要為它而戰。」

齊文六道：「說是一套，做是一套。反正，諸葛老兒是脫了圍，但絕非脫了險。他遇上師父，是死定了。你們遇上我們，也是死定了，動手吧！」

追命笑道：「你忒真急的！下面有故交候你久矣不成？」

齊文六叱道：「姓崔的，要不是咱們趙四哥，也是精擅腿法，已吃定了你，我一定第一個來取你狗命！」

冷血冷冷地道：「那麼是哪條狗來取我的命？」

葉棋五溫和地道：「咱們燕三哥的『飛星傳恨劍』，正好與你登對！此外，顧三哥的鐵拳，天生就是你們鐵老二雙手的剋星。至於我，向來以棋子為暗器，對你們的老大的盛名，一直不怎麼以爲然……」

冷血截道：「你要跟我們大師兄交手？」

葉棋五胸有成竹的作會心微笑。

「可惜。」

冷血只說了這兩個字。

葉棋五大奇：「可惜什麼？」

冷血只說：「可惜你只配跟他舐腳底。」

葉棋五臉色大變，腕底一翻，探手入懷。

無情忽然到了兩人之間。

他的腳不能走。

但他有木輪椅車。

他比人矮上一個肩膊。

但誰都不能忽視他的存在。

他攔在二人之間，只說了一句：「他是我的。」

然後還添加了一句：「一個太少了。」

魯書一忽道：「那就添我一個。」

追命拍手笑道：「兩個打一個，真聰明！」

魯書一居然臉不紅、氣不喘、眉也不動、眼不眨的說：「應該說是：兩個打一個殘廢的！」

鐵手嘆道：「看來，不要臉真的要有不要臉的本領。」

燕詩二道：「這本領你們還差遠哪！」

追命瞇著眼道：「是差遠了。卻不知那位齊六兄卻擔任什麼角色？」

齊文六居然也皮笑肉不笑地笑道：「我啊？多我一個出來，便負責暗算。」

燕詩二也附和道：「他呀？哪兒需要他，他便來一下狠的，誰教我們多了兩個人！」

齊文六也堂而皇之地道：「對呀，誰叫你們少了兩個人！」

鐵手道：「我有兩隻手，就用一隻來捏定你吧！」

顧鐵三冷笑道：「你應付得了我再說吧！」

冷血皺了皺眉，問：「打架用嘴巴還是用拳頭？」

顧鐵三揚了揚拳頭：「當然是拳頭，你等揍等得不耐煩了？」

「錯！」冷血一劍就刺了過去。

刺過去之後話才說下去：「用劍，拳頭不夠看頭！」

他劍刺燕詩二。

披髮戴花的燕詩二。

燕詩二嗆然拔劍。

反擊冷血。

顧鐵三立刻出拳。

猛攻冷血。

鐵手立即出手。

他截住了顧鐵三。

但趙畫四已飛腳踢向他。

追命大叫：「你找錯對象了！」一雙腿已剪絞住了趙畫四雙足。

只有葉棋五沒有動。

因爲他不能動。

無情正盯著他。

——那一雙銳利而又寧定的、比美麗女子秋水雙眸還要好看的眼睛！

而魯書一已悄悄掩至無情背後。

——他決意要把這「殘廢的」像破袋一般摔出去：至少摔離他那架在江湖上傳說中鬼神莫測的輪椅！

只有一人「遊手好閒、袖手旁觀」。

他自然就是齊文六。

這兒多出了他。

就由他來掠陣。

——也就是說，負責暗算。

他喜歡這項任務。

——因爲最不費力。

——最不凶險。

——而且也最易立功奏效！

他現在的目標是無情！

——先放倒了一人，而且還是其中最重要同時也是最弱的，其他的人自然不戰而潰，更能迅速掌握勝機！

四大名捕與六合青龍，便在這私房山上，動手互擊、交戰起來。

山是高的。

月是冷的。

勝利通常都是用血和汗換來的。

六十　伏擊

諸葛先生雖然也負了傷，但他恢復得很快，而且，他也力求恢復得快。

元十三限的箭力，要比以前可怕太多了。

當年，他也曾對抗過「傷心之箭」，那時候元十三限的功力，還沒有如此之高。

元十三限也曾當胸一箭射到。

諸葛先生應付的方式，既不是閃，也不是擋，更沒有硬接。

他用一種近乎「神奇」的力量，把自己的胸膛部位往前疾移了一丈三！

——變成他是急迎向那一箭！

於是，那一箭之力與胸膛往前激撞成了反力，那一箭雖射中了「幻覺中」前移假的胸膛，但「實際裡」的力量作出反激，箭倒射元十三限。

那一次，足令元十三限手忙腳亂。

那一次是諸葛先生大獲全勝。

那一次也是那時候，元十三限還沒攻破「忍辱神功」，更未了悟「山字經」。

可是這一次不同了。

不一樣了。

諸葛先生在箭射到前已將胸膛肌骨移走，但這一箭依然重創了他。

他發出了「驚艷一槍」，擊潰了元十三限。

他馬上運氣調息。

他有一種內功，就叫做「半段錦」

這內功不是用來傷人的，反而是用以自療的。

它的神奇之處是：

傷得愈重，便愈快治癒。

——至少，可以暫時壓住傷勢加劇。

這在爭雄鬥勝的武林中和腥風血雨的江湖上，可謂十分「管用」。

——因爲常有負傷作戰、浴血苦鬥的事；受傷，姑且強忍，戰鬥下去，直到勝利再作止痛療傷。

「半段錦」的功效就是可以「傷得愈重治得愈速」。

諸葛的理論，一向都以用世爲目標，他的武功自然也很實用。

諸葛先生向來「不打高空」。

——他總認為一些夸夸其辭、大言不慚的理論和學問家，到頭來多只能說不能做，或是說一套、做一套。

他崇尚實際。

他正要運「半段錦」強把傷勢壓下——那傷口雖不見血，但比流血更傷；他感覺得出那是一種巨大的受傷，彷彿傷口還大於他整個人。——他決定只要恢復一口元氣便立即追擊下去：因為他怕元十三限會遇上四大名捕！

一隻受傷的老虎畢竟仍有殺人之力！

何況山那邊的戰役還有敵方的人：尤其是那六條龍！

不料，卻忽聽一聲清叱。

老林和尚全身一顫。

他背後出現一個女郎。

甜甜的女子。

◇◇◇

那女子的手已自後掐住了老林和尚的脖子。

諸葛先生斂定心神。

他知道這女子志未必是要殺老林和尚。

——如果要殺，早就殺了；少一名敵人，總比多一名敵人好做事。

既然不殺，又控制住老林和尚的生死，當然就是有所圖謀。

——這是一種感覺。

所以他直接地問：

「妳是誰？」

那女子也「貨真價實」地答：「我是個沒有夢的女子。」

諸葛先生馬上知道她是誰了。

「無夢女，妳要什麼？」

「好，爽快！」無夢女說，「要我放了他，有兩個條件。」

諸葛先生只道：「妳說說看，可以的我就答應，不能夠的妳殺了他妳也逃不掉。」

無夢女更是爽快，馬上直截了當地提出要求：「一，你收我爲徒，把武功盡傳於我；二，你和你的門下，絕不與我爲敵。」

然後她舐了舐紅唇，道，「就這兩個要求。」

◇◇◇

老林大師自也不是好對付的。

可是他依然中了伏。

伏擊。

主要是因爲他太震愕於諸葛先生那一擊。

他因爲那一擊而生震怖、起沉思：

——人怎能將功力練到這個地步！？

——這兵器已不是傳說中的「兵器」了！

——「槍」是另一種觀念的槍！

（如果我可以把它變作一種人人都可以使用的「武器」，豈不是把整個武學的觀念和威力都改變了過來！？……）

他。

就在他全神灌注這樣尋思的時候，一直沒有真的撤走的無夢女，已脅持住了

無夢女是空手的。

但她的手很毒。

拿穴的手法更毒。

本來，就算是老林禪師恍然未覺，有諸葛先生在，也絕不致懵然不知。

但諸葛先生正感傷於天衣居士之死。

他剛盡全力逐退元十三限。

他正要默運玄功壓住傷勢。

無夢女就把握了這一剎那間的契機。

掌握了先機。

完成了伏擊。

六十一 追擊

私房山上，打鬥甚速。

顧鐵三戰鐵游夏：

顧鐵三拳快。

快拳。

他的拳法很奇怪，身形挪動如電閃，霹靂似的拳頭，羽毛般的輕，箭似的疾，只攻敵人的頭、太陽穴和小腹。

就是這樣，攻打：頭、太陽穴或小肚子。來回地打，不斷靈活變換。

這就夠了。

有時候是：先打頭，然後打腰，再打太陽穴。

有時是：左太陽穴、肚子、肚子、右太陽穴。

有時：頭、肚子、肚子、肚子、頭。

時：頭、頭、頭、頭、頭……

不住地打頭。

不打別的。

就此變幻不絕，倏忽莫測。

開始的時候，鐵手鎮定應付，從容化解。他是見招拆招。

他一面息事寧人地說：「顧兄，咱們何必一上來就得拚生死……」

他的話是說錯了。

——因為別人已拚上了命，他不拚也不行了；除非他想死。

但錯不在這話的道理。

而是他不該說話。

他的招式慢。

慢掌。

他一開口，就洩了氣。

——高手相爭，不過在於釐毫。

就這毫釐之分，足定生死高下。

顧鐵三一輪急攻。

他的拳快，但完全不影響每一拳的沉猛、厲烈、神準。

甚至是拳愈快，力愈強、殺傷力愈大！

鐵手一開始就沒打算硬拚。

這就糟了！

所以他現在只有苦撐。

他雖以渾厚的掌力大度包容，但顧鐵三每打一拳，他就得退上一步。

一大步。

顧鐵三打了十拳八拳，鐵手已退到崖邊。

鐵手急叱：「別再——」

顧鐵三的拳這才慢了下來。

慢了才可怕。

更可怕。

——原來這顧鐵三的拳，慢打比快打更厲害。

剛才，他每一拳像一記鐵錐，攻打頭、腹或太陽穴。

現在，他每一拳似一道霹靂，每一拳雖只打一處，但勁力卻同時分撲頭、肚、額三處！

鐵手抵受不住。

再退一步。

——不能退了。

這一步已退出了懸崖！

鐵手一腳已踏空。

他一身雄厚的內力已無可藉力。

顧鐵三立即搶攻。

追擊。

——這無疑是格殺鐵手的最好時機。

對他的猛攻，鐵手只好硬接。

——當然，這是最不該「硬接」的時候。

故此，再接這一掌，鐵手雙腳一齊退出懸崖。

他懸在半空。

他當然不會長久懸在半空。

顧鐵三不容他有絲毫活命的機會：

——他絕不容鐵手再掙上崖來。

所以他這次雙拳出擊。

追擊、追擊、再追擊。

務必要把敵人格殺爲止！

鐵手沒有辦法。

——把敵人打下懸崖去！

沒有選擇。

他只好雙掌平推，再硬接顧鐵三這兩記猛拳！

這次拳掌相接，使顧鐵三猛然醒悟一件事：趁勝追擊，不一定就能勝完再勝！

他錯了！

他不該追擊！

鐵手雙腳踏虛，但這兩掌，反而比他腳踏實地時更力大氣渾！

而且他還完全無需藉力。

他力道的來源就是：顧鐵三的雙拳。

他用顧鐵三的拳勁回挫，然後再發出他自己的內勁。

因爲他是懸空的，空的力量才是最實的剋星。

顧鐵三如同受到雙重打擊。

他聽到自己臂骨在呻吟。

——他的拳勁再好、膂力再強，總也不能先行化解自己的力道之後還能對付鐵手的掌功。

他後悔自己的追擊。

他幾乎已可以聽到自己臂骨的折裂聲。

◇◇◇

諸葛先生在沉吟。

——要是他未受傷，要從這女子手中救回老林禪師，以他的功力，儘管冒險，但仍是有把握的。

但，現在，沒有。

「你考慮得怎樣？」無夢女急了，「你別爲了要當豪傑，就拿自己的老友來犧牲。」

老林禪師憤怒得想說什麼。

但說不出。

——因爲他的脖子已給沾毒的指甲掐著。

捏住。

「他剛才出手救天衣居士，你們是老友；」無夢女說，「到你們這個年紀，老朋友一定已剩下的不算太多了吧，死一個便少一個了，你要真是豪傑，就該先保住老友。」

諸葛撫髯。

微笑。

——這時候他居然還笑得出。

「我不是豪傑。」他說，「但豪傑也不是瘋子。豪傑只不過是敢做人所不敢做但又很想做的事而已。」

然後他道：「這是妳第一個錯失。」

無夢女甚爲詫然：「第二個呢？」

她問。

六十二　游擊

荒山上，決戰甚厲。

趙畫四飛身而起。

他要找出追命的破綻。

找到破綻才能下手。

——不，是出腿。

踢腿不比出手：手一招遞出、還可以變招、收招、守招、反招……腳則不能，腳一隻踹出，剩下一腳（甚至沒有）維持全身平衡，本身就露了破綻，很易爲敵所趁。

是以，對付似追命這樣的高手，趙畫四一定要先窺出敵人的破綻。

如果沒有，就找出來。

要是找不出，就強攻出破綻來！

趙畫四長於輕功。

只不過追命也長於輕功。

追命亦飛身而起。

他也在找趙畫四的破綻。

趙畫四猛一吸氣，再度升起。

他仍盤旋在追命頭頂上。

追命雙臂一振。

他雙肩雖動，但卻沒有出手，反而又陡然急升，就像長有一對翅膀。

他又凌駕於趙畫四之上。

趙畫四冷哼一聲。

他左足忽踩自己的右足足踝之上。

於是便升上了一步。

然後右腳又踏在左腳足踝上。

於是再高升一步。

如此互踩而上，一口氣升了十七八步，又凌身於追命之上。

追命笑了。

他右腳的芒鞋忽然鬆脫。

他就趁鞋子往下墜落之際，右足足尖在鞋面上輕輕一點。

如此一藉力，他又急升一丈一！

鞋子頓時急墜，鞋尖直插入堅硬的地面二寸有餘！

然而追命又騰身在趙畫四之上！

兩人如此節節上升，離地又五丈有餘，其勢依然未消。

兩人始終未交過手。

——但比交手更驚險。

兩人一直未出過腳。

——但比交擊更驚險。

他們的身形一面升騰，一面遊走。

兩人都在找對方的破綻。

那是另一種打鬥的方式。

游擊！

——兩人一面較量騰身，一面身形閃動遊走，互找對方弱點罩門。

趙畫四和追命兩人都擅於輕功，都善於腿法，可是卻很快的就判出了高下：

因爲趙畫四受傷在先！

他氣不足。

力已盡。

追命忽在半空翻了一個觔斗。

這觔斗一翻，他又凌身在趙畫四之上了。

他馬上看得出來，趙畫四的傷已不允許他再鬥氣較勁下去了。

於是他笑道：「算了吧，咱們下去再比過——」

但他也馬上發現，這只是一個局。

——趙畫四是把他引到上空去。

另一人卻在下面佈署。

那是魯書一！

魯書一並沒有依他們口頭上所說的去對付無情。

而是像獵人一般，在伺伏著追命和趙畫四之間的游擊。

他在兩人騰空較量之際，已在地上寫了許多字。

憑著月光的微弱反映，追命在一瞥之間已發現那些字。

都是一個個的單字：

攻

打

殺

死——

都是些攻擊性、殺傷力極鉅的字。

從上面俯瞰下去，這些字都彷彿會動。

游動。

拳打腳踢於一捺一鉤間，而且開口齜齒，似要擇人而噬。

連「虎」字也彷彿成了一隻勾著尾巴的怒虎，「龍」字直如一條破空飛來蜷伏候殺的暴龍。

魯書一竟把這些字都「寫活」了！

趙畫四的身形已不再上升。

反而在急降。

空中只剩下了追命。

追命無處落地。

除非他落腳在這些「字」上。

——那就無疑如同落在虎口鷹啄上一般！

在上空盤旋求暫懸的追命，只見地上的字都以它們的「形」和「義」在伺候著他：

碎

裂

絕

滅……

◇◇◇

「第二個就是，」諸葛先生目光淬厲地道：「他不是我的朋友。」

無夢女大詫。

「我不認識他。」諸葛先生道，「他是我二師哥的老友，但卻跟我無關。我從武功上認出他應該就是當年叱吒風雲的雷陣雨，但在這之前，我們沒見過，也不相識。」

無夢女只覺手心出汗。

——難道她脅持錯人了？

——還是不該威脅這個她力不能及的老者？

「可是你還是不忍心見死不救的，對不？」無夢女強作鎮定，「他畢竟是你剛剛逝去師兄同門的老友！」

諸葛先生淡淡的看著她。

無夢女簡直覺得自己成了一碟白菜。

——清淡得甚至勾不起諸葛的食慾。

但她要強自鎮靜。

——強持下去。

不然，就沒有退路。

——而且退無死所。

「妳說呢？」諸葛先生好整以暇、漫不經心地反問她。

稿於九一年十月六至八日應中國青年寫作協會之邀參加「中國通俗文學研討會」出席「中國通俗文學總體

相」座談會。

校於九一年十月廿八日四人暢遊烏來、雲仙、北宜公路、礁溪、宜蘭、蘭陽平原大佛谷金盈瀑布、龍潭、雙連碑、大湖、五峰旗瀑布、頭城、陽明山、東北海岸線、鼻頭角、基隆、野柳等地。

第二章　瘋子就是豪傑

六十三　衝擊

山上，決鬥甚烈。

◇◇◇

冷血對燕詩二。

冷血用劍。

燕詩二也用劍。

冷血劍快。

燕詩二劍更快。

冷血一出劍，連他自己也不知道一共攻出了幾劍。

——因爲太快了。

燕詩二馬上還擊。

他的劍一出，金光奪目，眩燦莫辨，誰也看不清楚他手中劍的形狀，甚至連長短銳鈍都難以分辨。

——實在太快了。

兩人使的都是快劍。

然而畢竟是仍有分別的：

分別在劍——

冷血是隨手撿來的一把劍。

一把帶鏽的劍。

——所謂「劍」，是利的、能殺得了人的、看去還像一把劍的就是他的劍了。

甚至連劍鞘、劍鍔都付諸闕如。

燕詩二的劍燦亮炫人。

好劍。

劍鞘雕龍漆鳳，嵌有明珠十三顆。

劍鍔精緻，鑲了十六顆寶鑽，六粒墨星。

看來，這不但是好劍，而且是名劍。

冷血卻看也不看。他的劍跟燕詩二的劍一比，猶如泥雲之別，但他握劍在手，彷彿那便是比魚腸劍、尙方寶劍、青龍偃月刀更有名更寶貴的神兵利器。

對方只要有一點破綻，他的劍便刺出。

對方只要有一丁點兒猶豫，他的攻勢便盡發了出去。

對方只要有一點兒的害怕，他便刺在對方最怕的部位上。

對方只要——

但沒有。

燕詩二披髮、戴花、長袍、古袖，但出劍比冷血還狠。

還厲。

甚至更神勇。

所以兩人是互相衝擊起對方的劍法：越鬥越神勇、越戰越拚命、越打越精采！

因而，還是分出了個高下：

——強弱！

因爲冷血的性情：

他的個性是壓力愈大，反彈力便愈大；挫折愈大，他的反挫力便愈強的高手。

世上真正的精英高手應是：受挫更悍，遇強愈強——因爲這世上總是挫折多、波折多、強敵多、強中自有強中手更多！

兩人這般狠命火併，很快便都見了血，負了傷。

冷血受傷更勇。

流血也湧出了他的鬥志。

——鬥志比天高。

燕詩二則不行。

他太愛惜他自己了。

——一個人太珍惜自己便不敢太拚命。

可是一個人不搏命是很難見出真本領的。

燕詩二不敢拚。

他還是要命的。

可是冷血的攻勢實在不要命。

他只有節節敗退。

一退，只有再退，三退之後，敗象已顯。

但他還是很有辦法。

劍鍔上的十六顆寶鑽中的七顆，就在他手腕一掣之際，發了出去。

疾射而出。

——分打冷血十四處要穴。

七顆暗器如何打十四處要害？

——因爲那是不能擋的暗器。

一擋，它自身所蘊的巧勁便自行改道，激射向敵手的另七處要害：由於能夠擋格暗器都是極爲貼身近身的情形下才能進行的，所以暗器於此時才猝然變向分襲，敵手多不能應付。

燕詩二常用這一招取勝。

也以這一招取大敵的性命。

他對他這一招很得意。

這是他的絕招。

可是，冷血一見他使這一招，便嘆了一口氣。

原本，他與燕詩二如此強敵交手，他心中受到極大的衝擊：那是劍的衝擊！

——也是詩的衝擊！

原來冷血的劍法，每一劍都像一句心裡的話，最是直接。

他也憑直覺出劍。

——那是一種與生俱來、野獸般的本能。

但這種本能要比靠理智判斷更快更速更準確更神妙！

然而燕詩二的劍法卻不同於他。

那是一種「詩的劍法」。

「詩劍」！

——詩也很直接。

詩是最精煉的語言。

——如同人體內最寶貴的血液。

詩的語言雖真雖美雖動人，但畢竟是經修飾過的、錘煉過的、琢磨過的。

但那也是精華。

——真正的精華。

這種劍法衝擊了冷血。

好鬥的冷血，因爲有那樣絕的劍法，才使出他更絕世的劍法來。

可是燕詩二卻不敢拚命。

——拚命需要有勇氣。

不是拿命去拚就是拚命，而是爲這一劍生這一劍亡的生死相契之情。

沒有這份與劍生死相知、存歿兩忘的情義，就根本使不出神絕的劍法來！

這時際，冷血已無心再戰。

因爲他知道自己是贏定了。

——因爲真正的劍手絕不會在自己使用的劍嵌上暗算人的暗器！

那是看不起自己！

也瞧不起自己的劍！

這種人已不配贏。

——這樣子的劍客又怎會是他的對手！？

所以他咄了一聲：

「你不配用劍！」

然後他就攻出一劍。

這一劍出招太烈。

劍也太有自信。

所以劍「脫手」飛出。

——這兒再重複一次：是人和劍都太有信心了，於是，是「劍」脫手而去而不是人「脫手」飛去了「劍」。

劍就似人一樣，同時間充滿了生命力，還能與主子相契，主動發出了攻擊。

那一刹那間，燕詩二的劍完全失去了光芒。

冷血的劍不單直掟向他，還帶動了那七顆飛星，反攻燕詩二！

要不是燕詩二頭上還有那朵花，他此際可以說定是一個死人無疑了。

——而且一定是一個給一劍穿心而死的人。

他在駭怖之際，擷下了髮上的花。

拈花——雖然他早已臉色發綠，笑不出來。

也不知怎的，那一劍削落了花，便自動回到冷血手裡，像一隻忠狗總會跟著主人一般。

燕詩二的花，代他捱了一劍。

應了一劫。

花落。

人不亡。

——也許因爲花落，所以才人不死。

無夢女知道自己已沒了勝算。

她只有退讓。

——既不能求進，不能有所得，至少也得要保住自己安危！

——情況不妙時，要知道見好就收。

「要你把絕技傳授於我，當然是不可能的了。」她囁嚅道：「但你總能答允我：你和你的門徒不加害於我吧？」

諸葛淡淡地道：「我們不出手對付妳，但要是妳作了傷天害理的事，犯了法，犯了罪，也自會有人治妳。」

無夢女大喜過望：「那你是答應了？」

諸葛只道：「那也不等於妳就安全了。」

無夢女吁了一口氣：「只要四大名捕和諸葛先生不找我的碴，我怕的還真不算多哩！」

諸葛先生搖首：「天下間能人何等之眾，妳別高興得太早了！」

無夢女認真地說：「你要是答應了，可不能反悔哦？」

諸葛撫髯道：「如果我是易於反悔失信的人，妳也不必來跟我談判了。」

無夢女甜甜地笑了起來：「諸葛先生，一諾何止千金！當今天子說的話，還不如諸葛一點頭呢！」

諸葛即道：「這話是不能說的。」

無夢女抿嘴一笑道：「可惜睿智過人，武功蓋世的諸葛就愛替皇帝當走狗！」

諸葛先生也不愠不怒：「我不保住這天子，恐怕上天真要當萬民爲芻狗了。妳放不放人？不放，那可不是我反口不認了。」

無夢女忙道：「放、放、放……可是我要是這頭放了這老和尚，他就一轉頭過來殺我！」

諸葛先生嘆了一聲：「妳先把他放了吧！大師不會跟妳計較的。」

無夢女一副心驚膽顫的樣子：「你看，你看，他瞪眼珠張鼻孔粗脖子的，有多兇啊！萬一我這一放，他就把我碎屍萬段，你雖答應了不殺我，可他直似要把我這弱女子剁成肉醬了，這怎麼放是好？」

諸葛乾咳了一聲：「大師這次就放妳一馬，妳以後就別撞在他手裡好了。他給妳扼著脖子，自然眼突眉豎，妳還不趕快放了！再不放，我就不理了！」

無夢女一吐香舌，忙不迭地說：「有先生擔待，當然說放就放——」

說著，果然把老林和尚雷陣雨放了。

諸葛先生這才說：「妳又錯了……」

六十四　撞擊

山上惡鬥劇。

葉棋五對付無情，像下一場棋。

他向無情射出一枚棋子。

無情端坐車上。

不動。

他不是不動如山，他沒有那般沉穩。他只是靜如處子，且帶點冷誚。

棋子直射向無情。

無情沒有避。

他只是看著。

看著棋子。

直到棋子離他身前還有五尺之際，啪的一聲，一物疾打而出，撞擊在棋子上。

棋子落下。

是一枚「卒」子。

——這事物來的這麼快，以致連葉棋五也沒看得出來，這事物是打從哪來的。

那事物撞落了卒子，卻飛彈到半空，消失不見，卻沒有落下地來。

葉棋五本來覺得很奮亢。

他面對的是武林中除了「蜀中唐門」之外，以個人暗器爲天下之冠的「四大名捕」之首：盛崖餘！

——一個自號「無情」的人。

一個暗器冠絕武林的人，同時把暗器改爲「明器」的人，但也是連步行走路的能力都不具備的人。

他試探這個人。

所以發出了一顆卒子。

但沒有用。

卒已給「吃掉了」。

他卻連對方的出手也沒看清楚。

他已從奮亢變成了有點緊張。

他不服氣。

他決定還要試一試。

他又發出了兩枚棋子：

一枚是馬。

一枚是砲。

無情依然端坐冷視來勢。

直至兩枚棋子進入無情身前五尺，無情仍然沒有動。

沒有任何舉措。

——難道他想等死不成!?

四尺……

沒有動靜。

三尺——

無情動了。

動得很快。

「嗖、嗖」二聲，兩件事物急打而出，一撞於「馬」，一擊於「砲」。

這次葉棋五雖然十分注意，但只知這兩件暗器是來自車軨、車轍，但仍看不清楚是何物、什麼形狀、及如何發出的？

但這次是「馬」和「砲」，絕不是「卒」。

當那件暗器撞擊在「馬」上時，那隻「馬」驟然沉了一沉。

這陡然一沉之後，也接著改變了前進的角度，但依然以十分詭異的方式迸射過去。

——原先，它射的是無情的鼻樑，現在給撞擊了那麼一下，勢度突變，已改攻無情的下脅！

那就像一個「日」字的兩邊對角！

——那也正是象棋中「馬」的行勢。

另一枚棋子，給撞擊了那麼一下之後，卻有跟「馬」幾乎完全不同的反應。

它彈躍。

跳起。

然後以上而下，越擊無情的額角。

——它原來是射向無情的咽喉。

那就像是象棋中「砲」的走勢。

——這顆棋子正是「砲」。

換而言之，葉棋五發出這兩顆棋子，力道早有拿捏，就俟無情發暗器加以撞擊、這才見出它真正的取向、最後的殺手鐧來。

他對自己的暗器很有信心。

所以當日蔡京要他偷發暗器，使王小石誤以爲是無情幹的勾當時，葉棋五卻覺得很委屈。

——何不乾脆把盛崖餘和王小石殺了！既要冒充又要跟蹤，苦心積慮的，何苦!?

後來，他在「發黨花府」附近與王小石一戰，始知這小子有過人之能，他才算嚥下了這口氣。

——是對王小石，不是對無情。

他始終覺得自己比無情好。

——無情的暗器手法，他全研究過。

——無情發放暗器的手法，他一清二楚，而且還研究出一套剋制的方法來。

——可是無情天生殘疾：就算不是天生的，也是好不了的；而他卻來去自如、兼擅輕功提縱術。

所以沒理由無情比他出名、比他強、比他有「江湖地位」。

所以他誓必殺了無情。

——就爲了無情曾在名聲上蓋過了他！

他沒想透的是：他以爲自己已超越過了的無情，是他想像中的無情。

——而他自己卻是個自大的人。

自大的人從來不會把敵人作正確的判斷，只會把自己的實力高估了。

那兩件暗器，正因受撞擊，折射向無情的脅下和額側。

正因爲它是猝然變更角度，離無情又極近，無情就算再急按車把手上的機括，也來不及射下這兩件要命的暗器了。

只是無情的暗器，不一定必須得從車椅上發出的。

在這電光石火間，他在左手食指均是一彈，「嘯嘯」二片指甲形的暗器，又毫不偏差的激射在「馬」、「砲」二子上。

這次馬砲二子再也不能及時校正迸射的位置與角度了。

這飛射的方位反而受無情第二輪手發暗器的控制，反射向葉棋五。

葉棋五這回是大吃二驚。

——這兩枚棋子淬毒！

劇毒！

連他都不能輕接。

他只好大吼一聲，左手發「仕」，右手掟「象」，全力以赴，擊下「馬」、「砲」。

就在他全神貫注對付自己發出去的棋子之際，無情的車椅下突然「颼」地一聲，射出一支箭，直取葉棋五額心印堂！

葉棋五馬上出「車」。

他以「車」抵箭。

——這時，他對眼前的敵手已全不敢存輕視之心了。

可是無情這一箭，到了半途，忽然有第二箭自後追了上來，撞擊在第一箭箭尾。

第一箭立時一振，竟在半空兜了一個大轉，疾射葉棋五後腦。

這第二箭本代第一箭急取葉棋五印堂，但忽又出現了第三箭！

第三箭箭鏃依然撞擊在第二箭的箭尾，第二箭箭勢馬上一沉，變成迸射向葉棋五的心窩。

而第三箭才是仍取葉棋五的眉心！

這雖只有三支箭，但變化之快、之速、之急、之詭，絕非葉棋五在瞬息間變成背腹上下受襲之際所能接受、應付、解決的。

——如果這時候沒有這三支竹簡，葉棋五就死定了。

三支竹簡，分別撞在三支小箭上，且將之擊飛。

竹簡就是書簡。

——從前的書是刻在竹上的。

發這三片「書」的人，當然就是魯書一。

——他不但爲趙畫四跟追命比輕功的戰役掠陣，而且還爲葉棋五與無情的決鬥掠場。

所以他及時發出竹簡救了葉棋五。

他救葉棋五，但卻是齊文六攻向無情。

齊文六在這瞬息間連攻了無情五次。

他的攻勢很奇特。

無情當然不是好惹的。

他也反擊了五次。

可是五次都無效，因而吃了大虧。

——本來，齊文六出擊五次，無情也還擊了五次，應是兩不吃虧、平分秋色才是，爲什麼又說是無情吃上了虧呢？

六十五　還擊

的確是吃了虧。

——齊文六五次衝刺，都先叱了一聲：

「吾生也……」

無情立即發射暗器。

他手一招，一柄飛刀閃電般掟出！

但人影一閃，齊文六彷似沒有動過，飛刀只釘在他的影子上。

齊文六又低喝了一聲：「吾生——」騰身再度撲擊。

無情衣抽一揚。

一支袖箭飛出。

袖箭破空飛射之時，人已不見。

齊文六立在原地，彷彿剛才出手的不是他一樣，只不過身著的青衫劃破了一點點縫隙。

然後他第三度出襲。

「吾……」

無情一拍車墊。

七枚「螢火」急打齊文六。

——這下，縱然有七個齊文六，恐怕都閃不過去。

可是沒有用。

不知怎的，七枚「螢火」都全打在齊文六剛拔出來的劍身上。

——那劍就像有磁石一般。

齊文六也像似全沒動過一樣。

這對無情來說，是從來都未有過的事。

他的暗器百發百中，敵人向來爲他的暗器所懼，畏怖、哀號、逃避，終於還是難免一死——但而今齊文六卻在似動未動間把他玩弄於股掌之上，彷彿自己只是一頭追自己尾巴的小狗。

如斯一共五次。

無情五次還擊，都沾不著便宜。

——對方五度出襲，都似未動過一樣。

如此高下立判。

——尤其無情身上和車上的暗器，是用一件少一件的。

這事實很可怕。

也很殘酷。

齊文六正要作第六次出擊。

這時候，葉棋五也定過神來了。

魯書一攻去對付正要「降落」的追命。

無情忽然想起了什麼似的，失聲道：「莊子『內篇』的『保身全生大法』!?」

他念生心轉，突然雙手在頭上一拍。

髮上似冒了一陣微塵。

月下的一縷煙。

荒山之夜的月色，遍灑大地。

那月華彷彿也吸收了那一篷煙。

無情這樣輕呼一聲，穩佔上風正氣定神閒的齊文六，臉色竟似也有些變了。

他這回是急掠而起。

拔劍而起。

半空他還大喝了一聲：「躊躇斬滿志！」

一劍往無情當頭劈下。

這次無情不動。

不像上五回的發出暗器，甚至也沒有還擊。

他只是一指。

指了一指。

指月。

月照山巔。

月華也灑在齊文六身上。

齊文六忽然慘叫了一聲。

他全身冒出了煙，彷彿著了火一樣。

他痛得連劍都丟了，滾地，大呼，哀號。

如果這時不是葉棋五又向無情發出了暗器——這次是他的「帥」——齊文六還真不知會不會痛得滾落山崖去！

齊文六緩得一口氣，心猶有不甘，虎虎地問：「你是怎麼知道破法的!?」

無情一面應對葉棋五凌空「下子」之法，一面猶有餘暇地答：「我開始也不知道。你用的正是莊子『養生主』篇：吾生也有涯，而知也無涯。以有涯隨無涯，殆已。我受你的擺佈還擊，等於追打魔鬼的影子，永遠也不會有結果，只有技盡力窮而已。」

齊文六恨恨地問：「你後來是怎麼知道的？」

無情淡淡地道：「每一場決鬥就是一個悟，悟得了就過得了關，人生大抵如是。你有學問，我也不是不好學之人。」

齊文六狠狠地道：「你是怎麼破的——!?」

他不甘心。

他知道無情是把暗器藉月色「灑」到他身上：可是這是什麼暗器？這是啥技法？他聽也沒聽說過，看也看不見，防也防不著，就是抓破頭皮也想不出來。

無情看來已給葉棋五的「帥」攻得連招架也來不及了。

可是才不過一會，他的語音又悠悠閒閒地傳來，看來，他還能談笑風生，可是他根本未出全力，更絕非落於下風了。

這才可怕。

「你還記得『養生主』的末句是什麼嗎？」

齊文六讀書有過目不忘之能，他自是背得出來：

「指窮於爲薪；火傳也，不知其盡也。」

——那意思大致是說，用手斫柴運薪來保持火繼續焚燒，總有力竭火消的時候；如果讓火自然的延燒，它會沒有窮盡地燃燒下去的。

無情笑了一笑：「那就是有涯對無涯的破法。」

齊文六又兇暴了起來。

他舞劍。

劍法典麗華贍、工整敷陳、極盡鋪誇張之能事，就像一首華麗辭藻無暇可擊的漢賦！

他也以此賦劍於生命。

賦生命予劍。

他使劍就像是做文章。

葉棋五下子就像作生命的賭注。

他倆合攻無情。

這時，無情也注意到：雖然燕詩二和顧鐵三都給冷血和鐵手打得還不了手、回不過氣來，但三師弟追命卻也遇險了！

所以他清嘯了一聲：

「戎車既駕，四牡業業。」

——那是詩經：小雅「采薇」中的一句，「戎車」就是兵車，業業如同翼翼，都是盛大的意思。

可無情怎會在此時背詩？他這樣唸出了這句詩到底是什麼意思？

◇◇◇

無夢女很小心，很謹慎。

她對過去，有些隱隱約約的記得，但大都徹徹底底的忘記。

但她至少記得一件事：她就是因爲不夠小心、太大意，才致失去記憶的。

她可不想再一次失去記憶。

所以她一直都小心翼翼。

——趁諸葛先生受傷時脅持老林和尚，她覺得值得這樣做。

因爲她就算不能因而成爲諸葛的弟子，至少日後在江湖上行走，也大可不必怕落在諸葛一門手裡了。

——爲了這重大的安全，先行冒點風險也是值得的。

可是她這回卻是錯在哪裡？

「你不會不守信用的吧？」

她狐疑地問。

諸葛搖頭。

「這點倒不會。」

「至少不會因爲我這個小女子而壞了諸葛先生的名頭。」無夢女這才笑得出來，又猜道：「莫非你和這和尚原是老友？」

老林和尚怒目瞪住無夢女，緊握拳頭，就要出手。

諸葛忙道：「雷兄，請給我一個面子。」

他一眼就看出老林和尚就是當日名動天下的雷陣雨。

老林和尚萎然長嘆：「諸葛，咱們這一見面，老衲就欠你一個情。」

無夢女吐了吐舌頭：「看來我又猜錯了。你們確然是首次見面。」

「妳錯在以爲我和雷兄未有深交，就不會答允妳兩個要求；」諸葛這才道明，「如果妳堅持下去，就算我不會收妳做弟子，但教一兩手武功，這倒絕非不可能的事。」

無夢女爲之頓足。

——幾乎還捶胸。

她懊悔。

——可是懊悔已無補於事。

「現在你還肯教嗎？」

「現在？」諸葛冷笑道，「妳還不快走！我告訴妳，我雖答允妳不動手對付妳，雷兄也會看在我面上放妳一馬，但如果我要想辦法既不毀諾而又能殺掉妳的話，我至少還有三十一個法子——妳信不信？」

無夢女信。

所以她走。

立即就走。

逃之夭夭。

諸葛先生這才跪了下來，恭恭敬敬把天衣居士和織女的骸首並放一起，叩了三個響頭，瞑目祈拜，之後默運神功，聚「半段錦」之力並且掌貼老林和尙背門，在同時爲自己療傷之餘，也替雷陣雨治傷。

——「半段錦」之奇，是在於「傷得愈重，治得愈速」；而「半段錦」之妙，是在：不但可以救人同時療傷，而且對方（或自己）傷得愈重，愈可以把對方（自己）「抵抗傷痛之力」善加利用，來治療自己（或對方）的傷患！

六十六　相擊

「戎車既駕，四牡業業。」

無情嚷出了那麼一句。

追命、冷血、鐵手乍聽，都放棄了身邊的戰鬥，儘快向無情那兒攏聚。

更一齊叫出了一句呼應：

「駕彼四牡，四牡騤騤。」

這都是「小雅」中的詩句，來自「采薇」一詩，「昔我往矣，楊柳依依；今我來思，雨雪霏霏」就是源自此篇。——可是此際戰鬥方酣，生死一髮，四大名捕豈有心情吟詩作對!?

這當然是暗號。

——他們之間的暗號。

◇◇◇

當你發覺有些時候，幾個人之間說了一兩句話，大家都恍然了，或都忍俊不住，但你卻不明所以，那就是他們之間的一種「暗號」。

有時候，有人滿臉笑容的說了幾句話，你聽不出有什麼異樣，但座中有人臉色都成了慘綠；有的時候，有人說了幾句聽似不相干的話，但有人聽了喜溢於色，那就是說：他們之間有你所不知的「默契」——不管這「默契」是好的還是壞的，是正面的還是負面的，但反正就是他們之間能懂的事你不懂就是了。

「暗號」是一種少數人的「共同語言」，彼此間需要「默契」。

◇◇◇

四大名捕彼此之間當然有默契。

他們一聽暗號，立即聚集。

他們一旦攏聚，「六合青龍」亦有異動。

魯書一大喝道：「一風。」

燕詩二即叱道：「二賦。」

顧鐵三嚷道：「三比。」

趙畫四接道：「四興。」

葉棋五叫道：「五雅。」

齊文六吟道：「六頌。」

——這原是「毛詩序」中「詩」之「之義」，即：風、賦、比、興、雅、頌。

「六合青龍」在分別喊出那六個字之際，已迅速聚攏列陣。

他們佈成了一條橫行的龍。

魯書一是龍頭。

齊文六是龍尾。

龍打橫立定，然後再遊走不定。

「四大名捕」那方面，則冷血站在無情之後，追命立於冷血之後，而鐵手當然是在追命身後。

他們都以雙手搭於前者的雙肩。

這樣，變成了無情面對敵人。

——一共是六個敵人。

大敵！

於是另一場戰鬥開始！

◇◇◇

六合青龍分別攻向無情。

無情沒有內功——他少年時真氣已然走岔。

無情不良於行——他雙腿癱瘓，形同殘廢。

無情不擅過招——事實上，他只靠暗器拒敵。

可是，而今他沒有發出暗器。

他仍端坐在椅車上。

他竟以雙手拒敵。

以一敵六。

——六名結陣聯手的大敵！

◇◇◇◇◇◇

戰鬥甫始，六合青龍見敵方居然推一名「殘廢的」上陣，不覺啞然失笑。

——他們實在太輕敵了！

——六合青龍決定先行打殺這「四大名捕」之首但也是最不具實力的大師兄！

戰鬥未久，六合青龍便發現情形不大對勁。

——無情確是沒有武功的底子。

——但就是因爲這樣，他全然接受其他三名同門在內力上的灌輸與牽動，使出了追命、冷血、鐵手三人的武功來！

那就像海深容百川、谷虛納萬物一樣。

——本身虛空，方能有容。

有容乃大。

——何況，更難防的是：無情偶爾也有使出了自己的殺手鐧！

這樣一來，他的不夠內力、不熟招式、不良於行，這些所有的弱點和缺點，卻全都變成了優點！

他內力非但不足，簡直是空的。這使內功較好的顧鐵三、魯書一完全英雄無用武之地——他們發力出擊，結果只像是鎚子敲在棉花上，渾不著力。

他不便行動，無法進退，所以就只在一個定點上出手打擊，使得輕功較佳的趙畫四、葉棋五等也只能在一個固定的地方向他反擊，白費了一身好輕功。

他不諳招式，成了無招勝有招，每一招都是無常無心且無跡可尋的。令齊文六和燕詩二這兩個招式變化多端的高手，反而疲於應付、拙於拆解。

他們終於明白了無情的可怕之處：

一個能把弱點變成強處的人，一定是個了不起的人。

他們也終於了解了四大名捕的用意：

無情現在等於把冷血的勇悍、鐵手的沉穩、追命的靈動，連同他們敏捷的劍招、渾厚的掌功、奇變的腳法，以他的智慧縱控之下，輔以防不勝防的暗器，一併施展，等於把「四大名捕」的長處聚於一身，而且，簡直有五個四大名捕的功力！

——四名四大名捕，已收拾不了，何況五個！

這一下來，相擊才知相知深。

六合青龍算計四大名捕已久，早已躍躍欲試，跟這名動天下的四捕頭一決雌雄，但如此看來，四大名捕亦早有防範之心，對六合青龍，亦早有應對之策。

這是個荒山之夜。

月落。

烏啼。

這時卻驀然傳來淒厲的狼嗥響了半壁天。

六合青龍一聽，喜形於色。

六十七 襲擊

四大名捕乍聽狼嗥，頓時變了臉色。

◇◇◇

說遲時快，一條淡金色的人影，挾著撲鼻腥風，披頭散髮，狂嘯上山，急掠而至！

這人雙眼發出野獸般的青光，像那活脫脫就是一頭獸有著人的身形而不是一個人有著獸眼！

這人一出現，臭味便濃烈難聞。

這人全身都淌著血。

血流著就像他剛剛去淋了一場血雨過來的。

他的血很濃，似漿，而不似水。

所以更淒厲。

更怵目驚心。

——當然了，他著了諸葛先生以「驚艷一槍」一擊，把他的肉身自達摩菩薩的金身內轟了出來，不四分五裂、肢離破碎，還是因爲他的功力高深已達了驚世駭俗之故呢！

◇◇◇◇◇◇

六合青龍乍見師父元十三限驀然出現，大喜過望；卻見元十三限渾身浴血，也大驚失色。

但誰都知道元十三限正與諸葛先生在「老林寺」決一死戰。

既然元十三限能來到這裡，也就是說，就算負了傷、掛了彩，只要諸葛先生沒跟著出現，就是他勝了。

——勝的人尚且遍身是血，敗者焉有命在!?

且不管怎麼說，六合青龍與四大名捕久戰不下，但彼此實力相距極微，而今加上元十三限，就算他身負重傷，只剩一臂之力，四大名捕這次都絕無翻身機會矣。

是以六合青龍一見元十三限，心大定矣。

相反的，四大名捕既知眼前危機不易度，更擔心的是師尊諸葛先生之安危。

◇◇◇

所以冷血疾喝道：「世叔呢!?」

元十三限沒有回答他，只齜咧著白牙，低低地嘶吼了一聲。

冷血挺劍就要上前，無情忽一把扯住了他。追命向鐵手點了點頭，視線落在元十三限的傷口上。

元十三限身上的傷口約有二、三十處。

除了一目已眇，傷處都不深。

也不算重。

——主要是那一槍幾乎震得他形神俱滅、心魄同裂。

那一槍使他震脫了竅，變成達摩是達摩，他仍是他。

傷也只是傷。

——本來這點小傷，他還不看在眼裡，也絕不放在心上。

可是這傷……

傷處雖輕，但肉眼所見，傷處竟一直不休的腐爛下去，擴散開來、淌血不止、傷勢愈劇！

——這是什麼傷！？

當然不是「驚艷一槍」！

——不是槍傷！

◇◇◇

元十三限雖強睜單目，連那已給啄去眼珠的血洞彷彿也在盯視四大名捕，但神情卻極其萎頓。

他突然做了一件事：

打了自己一掌。

打得毫不容情。

「砰」的一掌，元十三限吃了一掌，吐了一口血，突然之間，他整個人都似膨脹、振奮了起來。

然後他又打了自己一拳。

這一拳打得他鼻血長流。

但他整個人變得像一頭怪獸：餓了許久乍聞血腥味的狂獸！

他馬上激狂了起來。

六合青龍無不震詫。

因爲他們師父使的是「仇極掌」、「恨極拳」。

——卻是用來打在自己身上！

然後元十三限就發動了。

發動了他的襲擊。

他的襲擊如同狂風驟雨，無可匹禦，卻不是攻向四大名捕。

而是全力猛擊六合青龍。

——他的徒弟們！

◇◇◇

這時候，最靠近他身邊的兩名弟子，一個是齊文六，一是葉棋五。

元十三限右拳擂在齊文六頭上。

齊文六哀呼半聲，頭骨碎裂。

元十三限的拳頭並沒有因而立即收回，反而翹起拇指與尾指，直搗入齊文六的腦殼血漿裡。

同一時間，元十三限的左掌也結結實實拍在葉棋五胸口上！

喀勒勒一陣連響，葉棋五肋骨連斷了六根！

元十三限的掌卻沒因而稍止。

他的掌沿直切入葉棋五胸膛之內，竟在這名弟子的胸臆之間猛挖力掘！

兩人本來在前一刹那還是好端端的武林高手，但在後一瞬間已變成了兩個死人！

這變化突然而來。

——這時候的元十三限，讓人驚愕莫已，第一件事聯想到的是：莫非他已瘋了!?

看他淒厲可怖的樣子，活似瘋子一樣的豪傑。

或許瘋子根本就是豪傑！

◇◇◇

剩下的四條青龍一時驚住了。

燕詩二大叫：「師父，您——」

然後他發現了一件事：

在齊文六和葉棋五的血肉橫飛、血肉模糊中，有一件奇事——

那就是明而顯之的：元十三限身上的傷口立即沒有再潰爛下去了。

甚至有的傷口血痂還凝住了。

這本來是好事。

——可是元十三限爲什麼要殺死自己的弟子呢？

莫非是葉棋五和齊文六早已心生異志，陰謀叛變!?

◇◇◇

就在眾人驚疑不定之際，元十三限並沒有就此止歇。

他又開始了他的襲擊。

這次是撲擊趙畫四。

趙畫四的命本來就是他一手救活過來的，他卻爲何又要殺趙畫四!?

趙畫四本來已身受多處重創。

——跟追命交手，更令趙畫四原本只保住一口真氣已瀕渙散。

他如何能抵受他師父的全力襲擊？

元十三限襲擊的方式也很怪。

他抓起齊文六。

爲弓。

他挾起葉棋五。

爲箭。

一「箭」射了出去！

——這一箭，「穿」過了趙畫四的身子！

趙畫四馬上也變成了個血肉模糊的人了。

可是元十三限卻立即飛身壓下，抱住了他；當趙畫四生命再次完全消逝之際，元十三限身上所有的傷口都不再流血。

——就連傷目也止了血。

◇◇◇

魯書一驚叱：「師父，你瘋了！」

元十三限立即轉向他，還用舌頭舔了舔自己唇邊的鮮血。

魯書一心頭忽地一寒，不由自主地往後退縮。

元十三限狂嘯一聲，忽然挽弓、搭箭。

他手上沒有弓。

也沒有箭。
那是空的。
但他卻做出了張弩射矢的動作。
他射出「空」的箭。
只是「箭力」卻絕不是空的。
同樣利。
有勁。
一箭射向魯書一。
魯書一看定來勢，一面退，一面掏出了一冊書。
書擋在他胸前。
「啪」的一聲，書給射穿了一個大洞。
紙屑亂飛。
他自己也像紙屑一般飛了出去，至少，他已避開了元十三限之一擊。
他藉「書」擋了一擋的飛遁——「書」居然還有這樣的用途，這就難怪方恨少老是給沈虎禪、唐寶牛、賴笑娥等笑他：「書到用時方恨少」了。
元十三限一擊不著，卻找上了燕詩二。

燕詩二更不甘引頸就戮。

他反守爲攻。

他一劍刺向元十三限心窩。

元十三限稍抬左手，二指一彈，已彈開了劍鋒。

燕詩二不退反進，又一劍刺向元十三限的心房。

這一劍，看去也是平平無奇，但已使得比第一劍更妙！

元十三限一側身，已閃過一劍。

燕詩二再進一步，又刺一劍。

這一劍更勝第二劍。

元十三限用手一撥，竟空手拍開利鋒。

燕詩二額上已顯汗珠，他又刺出一劍！

這一劍比第三劍更速！

元十三限急退一步，險險讓過劍尖。

燕詩二汗已淌下，再擊一劍。

這一劍比第四劍更厲！

元十三限大喝一聲，雙手陡然一合，挾住劍勢。

燕詩二怪叫了一聲：「救命！」但他嘴喊救命，手底下可不閒著，立即自救，只見五顆金星，自劍鍔飛射而出，急攻元十三限。

元十三限突然長吸一口氣，五星盡收入他嘴裡。

然後他反擊。

他一鬆手，燕詩二抽劍就要搶攻，他就在燕詩二搶得攻勢之前發出了一掌一拳。

燕詩二自然全神貫注要防範。

——他當然知道元十三限的厲害！

可是元十三限還是比他想像中更厲害。

元十三限在他身前出手。

燕詩二立即將劍橫斬。

他要斬斷那一掌一拳之勁道。

然後他就退。

至少，他跟元十三限已打了一回合。

只要打得一回合，就是挑戰了權威——權威遭受到挑戰而不能懾伏挑戰者，地位就會動搖。那麼，其他的人（包括顧鐵三和魯書一）就一定會過來幫他，跟他聯手對付元十三限。

——魯書一和顧鐵三就算不會爲了道義而助他襲擊師父，但至少也會因保護自己也奮身出手。

所以他跟元十三限對抗，搶取主動。

他似乎並沒有吃虧，而且還能在還未吃虧前便平安成功地退走。

可是他料錯了。

——錯估了對手。

一個人的錯誤是要付出代價的。

——錯估了敵人的實力，代價往往是要命的，甚至足以致命。

他測不準的是元十三限對他的襲擊。

六十八 一擊

元十三限的掌勢拳風，是在燕詩二面前發出的。

但拳勁掌力，卻是自燕詩二後頭打到。

也就是說，元十三限是在他身前虛晃二招，真正的殺著卻從背後攻到。

所以在他身前的燕詩二，頭部突然爆裂，胸膛也突然凸出了一大塊，因爲背後的肌骨全部給一掌打入了胸臆中並自胸肌裡突了出來。

燕詩二死了。

元十三限的傷口竟神奇似的在長肉。

元十三限一反身，已找上了顧鐵三。

顧鐵三虎吼一聲：「師父，你別迫我！」

剛才他見燕詩二跟元十三限交手，他已欲出手助燕老二。

但他還未能確定，師父是爲了什麼要殺他們的？

——是因爲葉棋五、趙畫四、燕詩二、齊文六等人叛變？

——還是他們做了什麼來激怒了師父？

——抑或是師父真的瘋了！？

他一時舉棋不定。

但元十三限一下子已下了毒手，殺了趙、葉、齊三人，跟燕老二交手了幾招，但其實只不過是三彈指間的事，結果是燕老二攻向自己——他因爲想出手相助或相阻，所以離二人最近！

顧鐵三再不猶豫，他一面大喊：「老大，師父瘋了，你來助我——」一面發拳。

他發的是拳。

他的拳法卻連鐵手也只有嘆爲觀止。

因爲他的拳不一定從臂上發出，有時拳勁竟在額頭、肘部、膝部、甚至背肌激發出來。

——也就是說，他的拳法已不止是拳的功夫，同時也可以用身體各種部位同樣發出拳勁來！

這完全突破了過往拳的成規、概念、規矩和局限！

可惜，他，遇上的，是，他的師父，元十三限。

元十三限也發拳。

出掌。

他人在前面，但時而拳自後襲至，時而自下攻上，時而從頭打落，根本像幻化成數十個敵人，從不同的角度向他出擊。

——拳法，雖是由顧鐵三自己精研所得，他畢竟是元十三限首創和教他的！他仍打不過他的師父！

——一個人模仿或抄襲他人的，絕高不過對方，除非他是得到啓發，另外推陳出新！

如果這時不是有人及時相助，他就死定了。

令他意外的是：

及時助他對抗元十三限的，不是大師兄魯書一。

而是鐵手。

——四大名捕裡的鐵手。

敵手鐵游夏。

既然是鐵手都出動了，其他三大名捕，自也不閒著。

——這下可變成了四大名捕連同顧鐵三一齊惡戰元十三限。

鐵手幫顧鐵三接下元十三限的攻擊。

顧鐵三在生死關頭，仍不忘問：「爲什麼!?」

——對他而言，對敵就是要殺掉或擊敗敵手，沒道理眼見敵人窩裡反、就要倒了垮了的時候卻過去助他翻身翻生的！

鐵手只道：「吃我們這行飯的，可容人戰死，不許人給冤死。」

冷血卻一面出劍，一面喊問：「他怎麼會鬧得這樣子!?」

無情道：「我聽世叔說過：『自在門的人教了徒弟的武功，不可再自用。否則一旦負傷，會遭其功魔反撲。』看來他是爲了對付世叔而使了教出去的絕招，他現在不能將之收回，只好殺掉了習者，就可減魔頭反噬之苦！」

追命恍然笑道：「教出去的絕招就像潑出去的水，哪裡可以收回！要嘛就不教，那就忍得寂寞無手下之苦；要嘛就算了，哪可以殺人滅功、徒結仇怨！」

元十三限臉色發金。

身體發臭。

他就是不吭聲。

可是，這一來，顧鐵三、魯書一都了解爲何師父對他們下殺手的原因了。

就在這時，犬吽忽起。

元十三限咆哮了一聲。

他先連打自己三掌——這三掌打下去，他淡金色的臉成了紫紅色，而整個人都似驟然膨脹了起來。

然後他突然用右手拔掉自己左手一隻手指。

無名指。

然後他右手作挽弓狀。

左手爲搭箭狀——

——斷指爲矢。

一箭射出。

這是自斷一指的箭，威力自當非同小可。

◇

要抵住元十三限這一記「指箭」，可真不易，簡直艱巨至極！

顧鐵三也像他的師父一樣——自擊一記以增功力，他自擂一拳在額前，把他自己的七孔打得至少有五孔在淌血，才抵得了元十三限這一箭！

同樣時間，四大名捕也出盡了渾身解數：

無情至少發出了六道暗器。

冷血刺出了十一劍。

鐵手硬吃了一記，退了三步，但一雙鞋底，還深嵌入原先所立之處。

追命卻衝天而起。

高飛七丈八尺。

他不是施展輕功。

而是給那一箭勁震射上去卸力的！

但元十三限也不算討得了好。

因爲他的左手已給魯書一的竹簡夾箇正著！

他的手會給魯書一夾住的原因是：

魯書一一直在旁伺伏，並沒有主動出襲。

大家都似乎有點忽略他的存在。

其實他只在等待機會。

守候一擊必殺。

他畢竟是「六合青龍」中的老大。

也許他的武功不是最好、最高，但爲人絕對是最老奸巨猾。

他當然無意要跟師尊爲敵。

可是當他知道元十三限是爲了「收回過去教他們的武功」而下殺手時，他知道這輩子都不可能再跟隨這個師父、也不可能再在這師父跟前獲得什麼的了。

——唯一獲得的，只怕就剩下了死亡。

他可不想死。

所以他決定出手。

元十三限就壞在沒認真地去留意他。

另一個原因是他拔指速求退敵，左手因傷，轉動不靈。

還有一個原因是：四大名捕和顧鐵三的反擊也著實非同一般！

他應付也覺吃力。

加上他太分心於諸葛先生趕到，所以就給自己親手訓練出來的大徒弟逮著了時機。

魯書一手上的竹簡是他自己創研的「法寶」，任何人給兜住了，都脫不了身，何況眼前還有四大名捕，還有即將趕到的諸葛小花！

◇◇◇◇◇◇

所以他別無選擇。

他只有發出一擊。
可怕可怖的一擊。
——鬼哭神號之一擊！

◇◇◇

他的左臂與他的身體倏然分了家！
左臂就像一支怒射的箭。
身體如張滿了的弓。
箭穿破竹簡板索。
穿破了魯書一的胸膛！

◇◇◇

這一擊之後，元十三限就藉著擊殺弟子魯書一所回復的內力全面、全力、全心、全意，但並非全身地撤退。

——至少他身上已少了一隻眼睛和一隻手指和一條胳臂。

他撤退甚速，而給他一臂穿破的魯書一，又給斷臂之力帶動，射向四大名捕。

四大名捕合四人之力，穩住了給一臂穿心的魯書一軀體。

元十三限已在諸葛先生趕到之前撤走。

——他已無暇再殺顧鐵三。

月兔西沉。

天方破曉。

稿於九一年十一月十六至十八日
中部横貫公路五人踏楓行
校於九一年十一月廿一日四劍返港

第三章　瘋豪

六十九　對擊

這一役，武林中史稱「甜山之戰」。

總體而論，是：諸葛先生派系險勝，元十三限派系大敗，天衣居士慘死。

天衣居士總共出動了：朱大塊兒、溫寶、張炭、唐七味、蔡水擇、何小河、方恨少、梁阿牛等人。惟在斯役中，方恨少卻在洞房山對上了「開闔神君」司空殘廢，方恨少不是司空殘廢之敵，但司空也對方恨少的輕功無法捉摸，兩人空戰至天亮，大局已定，大勢已去，司空只有退走。至於「老字號」的溫寶、「獨沽一味」的唐七味、「老天爺」何小河、還有「太平門」中「用手走路」梁阿牛，則全中了「捧派」首領張顯然之計，被他領導「捧」、「風」二派高手所纏，在填房山耗戰，直到天明，張顯然的手下探得元十三限重傷逃走，也引軍急遁。

九人中，就蔡水擇負傷最重，朱大塊兒傷得也不輕，唐寶牛、張炭都掛了彩。

死的只是領導他們的天衣居士，而他的紅粉知音、多年怨侶織女，也喪命於此役中。

傷之最重的是元十三限所部。

元十三限帶去的部隊，有明有暗，其中主要的高手包括了：魯書一、燕詩二、顧鐵三、趙畫四、葉棋五、齊文六、「開闔神君」司空殘廢、「大開神鞭」司徒殘、「大闔金鞭」司馬廢、「捧派」張顯然、「風派」劉全我等十一人。

可是一戰下來，劉全我、司馬廢、司徒殘都死了，而齊文六、葉棋五、趙畫四、燕詩二、魯書一等卻盡爲他自己所殺。

元十三限自己，也付出了相當慘痛的代價：

他身負重傷。

眇一目。

斷一指。

折一臂。

——如果他不是及時狙殺掉五名自己親手調教出來的弟子，只怕「自在門」的奇功反噬，加上他身負奇傷，一身功力幾給諸葛先生炸傷了一半，說不定就下不了三房山。

——要不是他及時自斷一臂，恐怕就不能擺脫四大名捕和顧鐵三的圍攻，諸葛先生一到，他就不一定能再下得了甜山。

他可謂「損失慘重」，也「元氣大傷」。

諸葛先生一道的人是：無情、鐵手、追命、冷血。

四人都沒有折損。

諸葛也受了相當不輕的傷。

更傷的是心。

——因爲許笑一已逝。

他竟無力挽救。

另外兩人，本不屬天衣居士、諸葛先生、元十三限三大絕頂高手中任何一派的。

一個是無夢女。

她原是元十三限帶去的人，但她卻不爲他效命。

她也受了傷。

很「怪」的傷。

對她而言，可以說得上是「無功而退」。

另一個是老林和尙。

雷陣雨義助天衣居士，但天衣居士仍是死在他眼前，反而，他因參與斯役而激發了一股自他在「迷天七聖」爭權落敗以來便不再現的雄心壯志；另一方面，他也因這一戰而悟了道，所以把他的野心轉化爲其他方面去：

——要是他能把諸葛先生的「驚艷一槍」之神力，打鑄成一種兵器或武器，每一發俱有這等威力，那就足以造福武林，爲天下神兵利器再獻新猷了。

對他而言，此役也使他交了一個朋友。

他平生很少服人——說實在的，也確沒幾人值得他佩服，但他現在對諸葛先生極爲折服。

◇◇◇

這一次的「荒山之役」，是諸葛先生派系和元十三限派系的一次重大「對擊」。

天衣居士畢竟是過來相幫諸葛先生的，所以也理所當然給視爲諸葛派系的天柱之一。

而今「天柱」已倒。

天衣死了。

幸而元十三限那邊也沒在這次對擊裡討得了好。

這一場對擊的結果，使雙方都大傷元氣。

彼此都得「止痛療傷」。

負傷之後的諸葛先生，絕少出現酬酢場合，除非是皇帝趙佶下詔，否則他也很少進朝入宮。甚至除非是危機當前，否則就算是天子有令，他也稱病不往。

元十三限負傷更重。

但他一回開封，在蔡京賞賜給他的「元神府」裡，召集了蔡京派給他調度的一眾高手：「天盟」總舵主張初放、「落英山莊」莊主葉博識、「海派」老大言衷虛、「鏢局王」王創魁、「武狀元」張步雷、「托派」主持黎井塘，還有這一役幸能保命的「捧派」領袖張顯然和「大開大闔三殘廢」中的「開闔神君」司空殘廢，以及新入京師附從蔡京的「抬派」大哥智利和「頂派」首領屈完，竟要一鼓作氣，殲滅武林道上、在朝在野和他們對抗的實力！

這一個命令，幾使開封府路江湖道上，爆發了武林大戰！

京城裡黑白二道上的好漢，無不秣馬厲兵，招兵買馬，各擁山頭，各自爲戰。大家都很緊張，各向強者靠攏，都不想自己成爲給消滅的對象。

在這一陣風聲鶴唳、一觸即發的時局裡，有一段不大爲人所留意的訊息：

洛陽太守溫晚取道酸嶺，在悄然進入開封東路途中，遇上了一名老太監和一位少年公子，之後，就再也沒有溫晚入京的消息了。

然而，當四大名捕和舒無戲爲京城各路實力大整合與大對決的緊張佈局相告於剛剛開關出室的諸葛先生，並提出各種佈防、聯合和奇襲對策時，諸葛先生第一個反應就是：

「不。」

「爲什麼？」

「這是假象。」

「假象。」

「真象往往給很多幻象所包圍著，偶一失神，就會給誤導，以致判斷錯誤。」

「爲什麼世叔認爲這是假象呢？」

「因爲契機。」

「契機？」

「京城裡的實力的確要面臨大整合，而武林中的勢力的確也需要大對決——但大整合與大對決的契機仍未到。」

七十　契機

「武林勢力重新整合的原因有幾個：一是新興勢力要與舊有勢力對抗。舊有勢力逐漸老化，又不允可新起的力量取而代之，故此兩種勢力必須對決。在這種對抗中必有新的勢力抬頭冒升，不管是來自新興的還是舊有的集團。」

「二是大氣候、大環境尤其政治上的變化。金兵窺伺江南日久，一定設法顛覆朝廷；此外，主戰、主和、主降三派實力始終互埒，而內亂叛逆和各方實力對壘仍頻，原有的場面壓不住，新的局面必定產生。這危機也就是轉機，懂得把握時機的人，自然會出來收拾場面。」

「三是武林中這一段沉寂，其間能人志士輩出，他們自然不甘雌伏，強者自有強者勝。當年，『迷天七聖』、『六分半堂』、『金風細雨樓』能三分天下、打下江山，莫不是抱持了一代新人換舊人的雄心壯志，但而今照樣有更新一代換新天的人出來向他們挑戰。」

「這大對決是不能或免的，但只是契機未到。」

諸葛先生這樣說。

「爲什麼？」

「因爲金人主領陣容，也有變動，他們暫只能伺機，而未有足夠實力，全面發動。在武林中，新一代雖然高手湧現，但大部投入戰爭雙方軍中，各展所長，爲國效力；其他無意功名者，早已退隱紅塵，不問世事。這戰局使他們變成了爲自身功動、國家利益而戰，不合此意者，反而無所作爲。宋廷這邊，蔡相仍主掌大局，不思求變，對他而言，不變才是最好的局面。現在他還得勢，所以絕不容大對決、大整合的場面太早出現。契機未到，一切急於求變只是幻象，沉不住氣的只有到處碰壁，小不忍大謀則亂。武則天從以『才人』進宮起，等待機會，一等就是十二年；她伺機稱帝，一等又是五十三年。不能等的人，通常也不能得。先得要有恆心、毅力、勤奮與才能，好運氣才可以稱得上好運道。」

「可是在京裡的確在各自召集兵馬，殺氣騰騰，眼看就是一場大廝殺哩。」

舒無戲這樣說。

「那想必是先自『元神府』裡傳出來的訊息吧？」

冷血道：「京師一路的武林人物，是『頂派』大哥大屈完和『抬派』老大智利急馳入京，先引起騷動的。」

追命道：「另外，『鏢局王』的王創魁，也正適正時擺明他旗下的鏢局人馬，完全脫離『風雲鏢局』的陣營，投靠蔡相陣裡，使各路人馬原先平衡勢力，重行打亂。」

鐵手道：「目下，『金風細雨樓』的領導層陷於嚴重的內鬥中，『六分半堂』自身須重新整合，『迷天七聖』的首領們仍迷忽不定，幾場在京師裡實力的較量，都是『元神府』中高手觸發與敉平的，」

無情道：「所以世叔推測得對，一切戰端，確係都源自元師叔那兒的。」

諸葛先生道：「所以，是元師弟在整合自己的力量。」

舒無戲問：「他爲什麼要這樣做？」

諸葛：「因爲他要造成聲勢。」

舒無戲：「什麼聲勢？」

諸葛：「強者的聲勢。」

無戲：「他不是傷得很重嗎？」

諸葛：「就是因爲他傷得的確是很重很重，所以他才要造成一種他很強大很強大的聲勢。大家沒有忘記吧？上次他要出擊截殺許師兄前，也虛張聲勢，似要改朝換代，目的是要我們黏死在宮裡，不敢出京，無法救援二師兄。」

舒：「但這次如此做法有什麼好處？」

諸葛：「崖餘，你們且試說說看。」

無情：「他重傷未癒，正是最弱的時候。他向受蔡京重用，位置幾近於御前第一總教頭，也等於是欽定的天下第一武林高手，只有世叔您才能與他抗衡，他卻不知足；其實他的成就已不知羨煞了多少江湖人。他最知道一旦自己負傷，加上手上弟子傷亡慘重，蔡京必思擢用其他的人來取代他，而近日蔡京對方應看、白愁飛等又頗爲倚重，米公公派系的實力也日漸擴張，他先招兵請將，轉守爲攻，好讓蔡京不致撤換他，一面也鞏固自己的聲勢，使其他派系不敢在他太歲頭上打主意。」

諸葛：「這點確然。尤其近日方應看和米公公在酸嶺迎截『洛陽王』溫晚率同『老字號』好手入京，兵不血刃，就解決了大事，元師弟的甜山之戰雖弒了二師兄，但損兵折將，相形之下，蔡京確有意使方小侯爺掌握武林勢力，取代元十三限。這一如當年驚怖大將軍凌落石一旦失勢，他就把注意力轉移到四大凶徒身上。『四大皆凶』一旦伏誅，蔡京即行培植重用元師弟。蔡京畢竟一直都需要個替他看著武林勢力的管家。略商，你的看法又如何？」

追命：「他以強者的姿勢，是要震懾我們，表明他沒有傷，或傷得不重，使我們不敢『輕舉妄動』。」

諸葛：「所以相反的，他此舉反而說明了他傷重，所以頑強掩弱。游夏，你的意見呢？」

鐵手：「元十三限的確借此以擴張他的實力。要名正言順的讓蔡京放權給他，他先得要搗亂京裡的武林派系秩序和局面。」

諸葛：「連方應看和白愁飛都收拾不了的亂局，只有他能縱控，讓蔡京明白沒有他是不行的；他一旦鞏固了自己的位置，就連白愁飛、方應看的勢力一併解決，凌棄，你呢？」

冷血：「我認爲元師叔正在尋覓他的衣缽傳人，還有走狗爪牙，以及一切肯爲他賣命效力的人。總之，他是在積極建立自己的派系。」

諸葛：「說的也是。元老四手上的六合青龍，已五死一離；傅宗書亦曾得過他『拳打腳踢，一招二式』之真傳，但也歿於王小石之手。目下，他親手調練出來的大將，恐怕就只剩『天下第七』了。」

舒無戲：「到底他爲什麼要親手格殺他一手調教的六合青龍呢？」

諸葛：「因爲他用了他親授於弟子的武功。」

舒：「聽說『自在門』的武功要訣在於：創。自在門是最鄙薄抄襲與重複的，是以，一旦複製自己親手所創的武功，就會受自在門獨門心法回噬，除非是殺了已學得這門絕藝的人，否則魔頭反撲、難以自控。」

諸葛：「這其實也可以說是師父定下規矩，要我們自惕自勵，切勿自囿自滿、固步自封。一切創造源自模仿，但模仿畢竟與抄襲是不一樣的。抄是抄，仿是仿；仿還得必須是一種再創造，而不是一再重複。明眼人一看就出來了，推諉不掉、假裝不來、也找不到任何遁辭的。大師是創，學徒是仿，不入流的無恥之徒只抄。最糟的是：抄襲的人還習慣把予他靈感的人一棒打殺，藉其師之肩膀得以望遠，卻一腳將師父踢倒、毀『師』滅跡，師父是最憎惡這種人的。他可以忍受擬摹，但對抄襲、偷師、欺世盜名深痛惡絕，所以在一脈相承的內功心法中佈下了妙著，門徒學了絕藝，可以再創；師父教了徒弟武功，不能再用；否則便遭心魔反噬。一旦受傷，傷重不止；就算不傷，也致痴狂。師父是以此爲惕爲勵，所以一入自在門，就得終生有所創——不然寧可不動武、不爲文。」

無戲：「難怪元十三限非得殺掉六合青龍不可了。但他向有創意，恃才傲物，爲何卻又會一再使用他早已授予門徒的絕技呢？」

諸葛：「因爲他先學了『忍辱神功』、又倒練了『山字經』，等到破悟了『傷心一箭』之時，他的肉身又和達摩大師的金身結合爲一，達摩祖師爺的一生修爲處處克制著他原有的絕技和功力，所以，他只好重施故技，用一些較早期的功夫施爲，十三絕藝、七十七奇術，他卻苦於有多項不能使用。他那時只顧逞強，非殺二師兄不可。他是得逞了，可是他也得付出代價，而且還是極大的代價。」

無情：「聽說他也使用『仇極掌』和『恨極拳』啊，至於『傷心一箭』的原理他也曾授予天下第七，習成『氣劍』，他何不也殺了天下第七？」

諸葛嘆道：「老四畢竟有過人之能。他已漸可適應魔頭回挫之力了。他身邊也沒啥徒弟可殺了，他自然亟不欲自斷手足，對門下弟子趕盡殺絕。他已一口氣殺了魯書一、燕詩二、趙畫四、葉棋五、齊文六之後，功力大復，傷勢不再惡化，他急返『元神府』，以『山字經』裡剛破悟的心法，加上自修得成的『忍辱神功』，勉強可以壓得住傷勢，可是也十分狼狽。」

鐵手：「可是他也沒有因而斂狂抑妄。他正處虛弱，卻反而大張旗鼓，大肆恣虐，一方面召集各路兵馬，一方面派人燒燬白鬚園、追殺王小石老家、對付江南霹靂堂雷家。這等作爲，比從前行事更爲囂狂，江湖上背後現都給他一個綽號：『瘋豪』——他是個瘋狂了的豪傑！」

諸葛：「看來，『自在門』心法反撲，對他的身上傷勢尚可罩得住，但那反噬的魔力已侵入他腦子裡，恐怕這一點已使他瀕臨瘋狂、難以自控。」

冷血：「我認爲要殺掉元十三限，再不容情。他既敢殺了二師伯，咱們也敢殺了他，這叫一報還一報。」

諸葛：「一，我不願殺他。二，就算他死，我也不願他死於我手上。三，蔡京就等著我們師兄弟幾人自相殘殺。四，他而今就算不復昔比，但已透曉『傷心小箭』，加上蔡京和他自己也知別人必會取他性命，他也必定全神提防，正等著把這過來殺他的人殺掉！」

舒無戲不以爲然：「難道我們就這樣眼睜睜的任由他在京裡糾眾聚強，無法無天不成!?」

諸葛：「非也。我們在等，等一個契機。」

眾人都問：「什麼契機？」

諸葛先生微笑把眼光投向追命：「他在前天捎來了一個訊息。」

追命：「我探得有人正趕往京師來。」

「洛陽溫晚？」

「不，他給米公公截回去了。」

「小寒山紅袖神尼？」

「小寒山一脈自己也遇上難題了。」

「誰來了？難道是關七？」

「不是他，他已失蹤許久了。」

「到底是誰嘛？你少賣關子了！」

「王小石。」追命道：「他回來了。」

「是他？」無情點點頭道：「他當年能殺得了傳宗書，這回也有可能殺得了元十三限。」

「可是，」鐵手猶有顧慮：「三年了，他再回來，京城裡的武林也完全不一樣了，何況，元十三限的武功，絕非傳宗書可及其項背。」

「只要是人，都有殺他的方法，」無情冷然道：「何況，就算武功再高的人，但瞎了一隻眼睛，少了一隻胳臂，還瘋了半顆腦袋，就算他再強，也不會死不了。」

冷血忽道：「由我殺元師叔吧！王小石這些年來奔波江湖，亡命天下，他也夠累的了。」

諸葛：「元十三限殺二師兄，是他以下弒上。我殺他，別人會認爲我容不得他之才，你們殺他，也一樣是謀弒長上，也對你們的職份名譽相當不利。王小石殺他，那就不一樣了。」

追命：「因爲他殺了王小石的師父。」

冷血：「王小石也不是捕役。」

鐵手：「王小石揹上殺傳宗書罪名在先，也不在乎多殺一個元十三限。」

無情：「而王小石的行動，我們卻大可暗裡相助，使他進退方便。」

諸葛卻嘆道：「我們是自私些，但也是勢所必然的，因爲我們不可以像江湖漢、武林人一般，只顧逞一己之快。快意恩仇，誰不愜然。只是，咱們還要保存實力，不予政敵口實，還可以保住朝廷元氣，與惡勢力周旋到底，這就不得不講究些方法、手段了。」

他頓了一頓又道：「你們是爲了維護正義而勇於犧牲。但就算是爲了愛，也不能動輒輕言犧牲。愛國愛民，愛人愛情，愛自由愛正義，應爲它而活；命只有一條，輕率犧牲，那國家、民族、愛情、自由，啥都不能再愛了。」

冷血默然。

追命拍了拍冷血肩膀：「我們也是在做。我們可以幫王小石去做。」

鐵手道：「對。殺傳宗書那一陣子的風聲已過。蔡京也正好假手除掉這逐漸壯大的政敵。王小石回來京城，正好發揮他的才幹，大展抱負，大顯身手，咱們不該再讓他亡命浪蕩。」

無情接道：「現下『金風細雨樓』內鬥劇烈，王小石在樓子裡很有些影響力，只要使他能坐上『風雨樓』的一把交椅，蔡京拉攏他還來不及呢，不見得一定要他在京師不能立足。而他也正好遏制『金風細雨樓』逐漸受白愁飛縱控的機樞——白愁飛野心太大，他一人奪得大權，對誰來說，都不見得會放心，蔡京亦然。」

諸葛先生負手望天，嘆道，「但問題還是有的……」

「例如，」這回是已瞭然全局的舒無戲接道：「王小石究竟殺不殺得了元十三限呢？」

稿於九一年十一月廿一至廿八日

倩兒四留港期間。

校於九一年十一月十八至十二月九日「大疑雲」期間

終無礙

第六篇　元十三限的大限

這故事告訴我們：

機會像甘蔗，力榨才會出汁。把握機會，機會會製造更多的機會，但給疏失了的機會則一去不回。

從不失敗的人也從不成功，因為他們從不敢去嘗試。成功固然值得享受，但失敗也是極為珍貴的經驗。懂得享受失敗的人才有資格擁有成功。

第一章　公子

七十一　天機

王小石乃自鹹湖方向二度進入開封府。

到了冬天，鹹湖結成了冰，人可自湖面步行而過。

但春冰仍薄，一不小心，就會人翻馬臥，沉入湖底。

這是名符其實的：

如履薄冰。

◇◇◇

冰薄。

衫更薄。

王小石沒有穿上厚衣，因爲他正享受冰冷的感覺。

他心熱。

所以更喜歡冷。

——也許這樣可使一向熱心的他冷靜下來。

他這一路行來，不斷的在練刀、習劍。

在心裡學。

看到雪降的時候，他心裡思忖：自己那一劍，能不能像雪花一般輕、一般的柔？

遇上春風的時候：他暗裡思索，自己的刀，有沒有風一般無形無跡、不可捉摸？

要是不能，他就不停地在練。

要是沒有，他便更加苦習。

在心裡練習。

初學武時候的他，實在是太艱苦了，但又興趣濃烈，那是一種苦中作樂的趣味，這興味絕非其他趣味可以比擬。

學已有所得之後的他，實在是太興奮了，以致成天沉迷在武功裡，過目不忘，屢創新意，稍有不明白，即苦思破解，或請示恩師，非鑽研通透、誓不甘休。

學已大成的他，仍在學，但卻不一定要動手動腳的學，而是在良好的基礎上不斷追求再創新境，日出而作，日入而息，他依據天時四季的秩序，旭日初昇時練晨光之劍，日麗中天時習烈陽之刀，日照雷門時練春陽之劍，日落西山時習秋陽之刀；同樣，月兔東昇乃至月落烏啼各有刀法劍式。

這時，他已學的少，悟的多；習以沉思，悟以力行。

有時候，他甚至已不必再練習刀劍了。

他可以從芽萌枝頭春中體悟刀法，自雀飛萬里空裡領悟劍招，由鏡花水月的一剎那間了解刀意，以掬泉洗臉的一瞬間破解劍訣。

有時候，更進一步的武功，還不是從武功上學得的。

可能是從一首詩……

一個情境……

一次交臂之失……

或一句話——

——也就是說，天下萬法，都自生活中體悟學得。

所以王小石一路行來，心情雖不見歡快，但他並不放過路上的一切情趣：

包括看美麗的女子
或者不美麗的女子
一隻燕子
或一頭驢子
——這些，在在都有不可放過的天籟，不可疏失的天機。
人生的大學問，自應在人的一生裡學得，別人教，教的只是學識，把學識變成自己的學養，那還得要靠自己去體悟、化解、吸收。
王小石很享受步行。
很享受生命。
——包括生命消沉的時候。
生命不盡是愉悅、奮亢的，也難免有消沉的時候，如果只能正視生命昂揚的一面，那麼，有時候就難免給生命裡陰黯的一面所銷毀。
正如失敗是成功的反面一樣，嘗試失敗，才能享受成功的愉悅；體悟失敗的悲酸，才能有成功歡喜的一天。
王小石對待生命的態度是一種全面的「執著」，所以反而放得開，他深深了悟：

什麼該做
什麼不該做
什麼才是該做的不做
什麼卻是不該做的做
——四年後二次重臨京城的他，對生命情態又更上層樓的開了竅。
他默然步行。
安步當車。
行行重行行，思思復思思。
直至這兒。
鹹湖。
湖邊。
冰上。
忽然有人叫他：
「公子。」

七十二　時機

人在車上。

車上有很多人。

◇◇◇

一下子看到那麼多高手、名人，有的人甚至會給嚇瘋、嚇傻、嚇壞了。

來的人有：

「鐵樹開花」：

——「蘭花手」張烈心。

——「無指掌」張鐵樹。

另外還有「八大刀王」：

「驚魂刀」習家莊少莊主習煉天。

「伶仃刀」的蔡小頭。

「相見寶刀」衣缽傳人孟空空。

「女刀王」兆蘭容。

「大開天」蕭煞。

「小闢地」蕭白。

「五虎斷魂刀」彭家彭尖。

「八方藏刀式」苗八方。

此外還有形貌各異的人，從服飾上可以看出，他們是蒙古、女真、契丹人。

這三人自是高手。

但都只是掌轡的。

「八大刀王」卻護在車前後左右、上下高低周圍，顯然旨在「護法」。

至於「鐵樹開花、指掌雙絕」則只是掀帘、扶攙、端茶、遞水的角色。

——至少，對「車上的人」而言，確如是。

就因爲是這些人，以致這麼多人連同馬車走在冰上，但冰層並沒有因其重量而下陷崩塌。

而就因爲來的是這些人，換作旁人，早已給唬住了。

可是王小石沒有。

他甚至依然可以清晰聽聞：冰下魚們游動的微響、以及牠們的泳姿。

他當他們只是平常人。

因爲他有一顆平常心。

◇◇◇

在這時代裡，「平常心」已幾乎給濫用：

有什麼問題產生，都因爲當事人失去了「平常心」；有什麼處理上的失當，也因爲沒有「平常心」。政治上對權力的制衡，需「平常心」；感情上對理智的調和，也須「平常心」。什麼都是「平常心」，以致「平常心」成了政治、經濟、社會、良知、乃至一切奇難雜症的萬應靈藥，一句「平常心」，可以讓人超然物外、站在真理的一方，也可使人愧無自容，釘死在黑暗的一面。

但到底什麼才是真正的平常心呢？

誰也說不清楚。
不過，對王小石而言，平常心是道。
誰都是自己。
自己誰都是。
他待人處事、處世對物，都像對待自己一樣，不偏不倚，非公非私。
所以帝王將相、高手凡人，一如是觀。
因此他沒有顧礙。
不會見外。
心自如。
人平常。

◇◇◇

叫他「公子」的人才是一個真正的公子。
——面如冠玉。
——貌似桃花。

——一身素衣，卻顯貴氣，舉手投足，莫不彬彬有禮，而且神容稚嫩，目光深摯，令人易生好感。

王小石認識這個人。

——原來是他，難怪八大刀王、指掌雙絕、三族高手，全成了僕人奴才。

是以他也回禮叫了一聲：

「公子。」

◇◇◇

這人絕對是個公子。

真正的公子。

——來的正是向被人號稱爲「談笑袖手劍笑血、翻手爲雲覆手雨」、「神槍血劍小侯爺」、「神通侯」、武林至尊方巨俠之傳人方小侯爺方應看！

◇◇◇

帘掀開後，露出方應看左邊的臉。

帘也只掀開一邊。

方應看令人不管是誰，看了他都令人愉快，予人好感。

他舉止斯文、有禮、真誠得還帶著點稚嫩。

王小石已見識過這個人。

京城裡的「公子」，許多漢子都願爲他賣命，許多美女都只求他的青睞，許多權貴都渴求得到他的支持，一般人只希望能見上他一面，已是無上光榮。

——「公子」當然就是方公子。

——也就是這位腰懸「血河神劍」的方應看。

他早已聽說過這個人。

——就像戰國時的公子，因時而起，風雲際會，不但很有辦法，也很有人緣，更很有勢力。

誰都知道，誰都相信，也誰都能預測：方巨俠的義子方應看，必能做出一番轟轟烈烈的大作爲來！

唯一不可測的也許只是：現在還不知道那是什麼「作爲」而已——但轟動是必

然的。

方應看聰明。

有才幹。

且一直都有特殊遇合。

加上他有實力和背景——這已有著一切足可大有作爲的條件。

一個人空有大志，枉有才學，最怕是生不逢辰，而方應看卻可謂崛起得正好對上了時機！

王小石見了他，很有點詫異：不是因爲方應看，而是因爲他聞到了另一股「異味」：

那是一種奇特的「老人味」。

——這味道又怎會在這年少英俠的方應看身上出現呢!?

◇◇◇

方應看招手要他上車。

王小石微笑搖頭。

「你，入京？」

方應看試探地問。

「是。」

王小石老實地答。

「上車吧，我載你一程。」

「謝了，我喜歡自己步行。」

方應看說：「其實，我還有事向公子請教。」

王小石說：「不敢，我獨行慣了，有什麼賜教的，公子可在這兒吩咐。」

方應看道：「公子太見外了。」

王小石道：「我不是公子，你才是公子。」

方應看：「豪傑因時遇合，時機一到，聲勢一足，閣下豈止於公子，還是英雄、人傑。」

王小石：「我不想當英雄豪傑，就只想做個快快樂樂的平常人。」

方：「亂世之中，有才幹的人非大成即大敗，其實，懂得如何享受失敗的人才真正有資格去獲得成功。請恕我直言：你失敗過，還被迫離開京城，而今重返，只要你能善於把握時機，以君之材，必有大成。」

王：「成功太辛苦，要不怕失敗。我怕失敗，所以沒意思要成大功立大業，只想做好自己的本份。」

「那也由不得你。只有從不失敗的人才會永不成功，因爲成功來自不住嘗試、受得住打擊和不怕挫折。你勇於面對失敗，而且善於大敗中求大勝，本身就在亂世中必有特別功業、特殊遇合了。你避不了的。」

「成功固然可喜，但失敗對我而言也是一種極其珍貴的享受，我沒意思要改變過來。我實在是個不長進的人。」

方應看笑了。

「你不是的。」他說，「你只是個有大志而沉得住氣，有才幹而知謙斂的人。」

王小石也笑了。

「我只是求苟存性命於亂世，故不求聞達於諸侯；船到橋頭自然直，人到無求品自高而已。」

「時機，時機很重要；」方應看珍重地說：「你認對了時機，就可以大展所長；你有可靠的支持，就能夠爲所欲爲。時機像甘蔗，大力榨取才有豐富的汁，遇上機會就要把握，因爲機會會衍生更多的機會；失去時機便只能嘆時不我予、機不復遇。這便是今天我們特別過來相請的目的。」

王小石也謹慎地道：「公子的意思是……」

「過來幫我；」方應看一個字一個字、望著他望定他地說，「我就可以幫你名成利就，志得權高。」

七十三　神機

王小石沉默良久。

腳下有冰。

冰很冷。

冰下有魚吐泡。

——在冰下水裡的魚想必也很冷吧？牠們在冰封的水裡，有足夠的水溫和空氣嗎？

很奇怪，這重大關頭，重要關鍵裡，他卻想到的是冰、魚和氣泡。

「你重返京師，實力不復，白愁飛對你虎視眈眈，蔡京對你趕盡殺絕；」方應看道，「你現在需要我，我可以幫你。你加入我『有橋集團』，我可以讓你立殺元十三限，得報殺師大仇。」

王小石猶在沉吟。

「怎麼樣？」方應看觀形察色地道，「像你這等人材、這種身手，我絕不會虧待了你，我一向對你們甚善，令師在甜山遇危，元老在京師故佈疑陣，諸葛進退兩難，就是米公向先生提示，我為四大名捕困守解圍的。可惜仍未能及時救得了令師之劫。」

王小石望著地上。

地上結著冰。

山上鋪著雪。

——心呢？

方應看旋即一笑道：「不打緊，我可以給你時間考慮。」

他又把頭退入了車內，道：「三天後，我……」

「不必了。」

王小石忽然的說。

方應看防衛地問：「你已決定了？」

王小石歉然道：「我不能加入你的『有橋集團』。」

「為什麼？」

「因為你的目標是取得朝政大權，我不是。我不想無端涉入這我力圖避免的漩渦裡。你的好意，我心領了。」

「你不是想在京師立足、幹一番大事嗎？」

「我是想重整京裡的江湖勢力，希望能將之導善向正。這些年來，白道成了假冒正派的邪惡勢力，黑道也只講錢爭權，再也不顧道義。我要重整這個破落的江湖，因爲正義的力量，來自民間。我無暇與高高在上的貪官污吏、佞臣權相鬥法。要是我自己也不能自立，只能依靠別人的賜予，那我又如何真正『立足』？」

「你不是要殺元十三限嗎？我們可以幫你！」

王小石笑了。

「我恐怕，就算我不加入，你也一樣會幫我的……」

「哦！」

「其實你們比我更需切除掉元十三限。」

方應看不動聲色，反問：

「爲什麼？」

「因爲你們想取代掉元十三限在京裡的武裝實力。你們想要有一日在武林實力上足以與蔡京抗衡，就得先除去蔡京身邊的第一高手元十三限。」

方應看退回車中。

簾垂了下來。

車外的幾個高手，全盯著王小石。

他們似乎只等一聲號令。

——號令一下，立即出手。

他們之中，有的人已跟王小石交過手。

王小石知道他們是高手。

他們也深知王小石是勁敵。

所以他們都如臨大敵。

王小石再藝高膽大，面對這十三名高手，還有車內的方應看，也自知一旦對決，已難有生機。

良久，車內傳出了一個聲音。

語音沙啞。

——這當然不是方應看的聲音。

「他說的對。」

那人說。

王小石毫不震訝，只問：「米公公果然在車內。」

車內的人道：「我是米有橋。請恕我有病在身，不能受寒，不能出車外瞻拜少俠風儀。」

王小石道：「米公公這樣的話，小石擔當不起。說來，要對付元十三限這種絕頂高手，在京裡只有兩個人可以勝任：一位是諸葛先生，另一位當然就是米公公您。」

米公公嘿聲笑道：「那是因爲諸葛先生狡似狐狸，而我也老謀深算。不過，這兒的方小侯爺，才是禁宮第一高手，請勿小覷了。」

「方公子是人中龍鳳，我早有所聞。」王小石接著便老實不客氣地說：「我不加入你們，但我卻要殺元十三限，爲師父報仇。」

米公公道：「你好像也一直想殺蔡京，可不是嗎？」

「可是行刺蔡京太難——」

「但是要殺元十三限，得先行刺蔡京！」米公公斬釘截鐵地說。「你本身也有的是資源，自有人助你。我們也得借重；可是成此大計，你沒有我們不行！」

王小石愣了半晌，才問：

「公公妙算神機，晚輩願聞其詳。」

稿於九一年十一月十日亡母一週年生忌／十一至十二日斗數大批命。

校於九一年十一月廿九至十二月十六日
獨戰香江金屋各路勁書大會合期間。

第二章　小姐

七十四　飛機

「有橋集團」。是方小侯爺命名的，因爲米公公的原名是米有橋。他以對方的大號定下集團的名字，希望米公公對這個集團有歸屬感，甚至爲它而賣命。方應看年齡才不過二十上下，但已很懂得這種人情世故了。

方應看在他的「有橋集團」裡，養了許多士和高手。

——士是替他出謀獻計的。

——高手是爲他打江山的。

高手中有三分之一是死士。

死士是爲他賣命的。

——死士中最常見的一種，當然就是：刺客。

這「刺客」的代號是「小姐」。

他使的是箭，因慕當年一流刺客孟星魂的軼事，故稱他的箭法爲：「流星蝴蝶箭」。

他的箭也確比流星還快。

而且一弩雙矢，宛似飛蝶翩翩。

方應看一直養他、禮重他、悉心扶植他、供給他一切奢華的照顧。

卻沒有要求。

所以「小姐」一直在等。

等得很心急了。

他要回報公子。

但一直苦於報答無門。

——終於，今天，他給「投閒置散」但「養尊處優」了四年之後，他等到了任務！

殺一個人！

——不知是誰。

方應看把容貌形容給他聽，之後就說：「殺不到也不要緊，只不過，你一定要用箭法射他，萬一就擒，也絕不要透露主使人是誰，我一定會派人暗中放了你。我只要說一句：『大膽狂徒』，你就立即脫圍，我護著你。」

「我一定不會洩露的！」「小姐」大聲且堅決地道：「公子請放心！」

他心裡也還有話沒說出來。

——我要殺的人，一定能殺到的！

——天底下能逃過我的「流星蝴蝶箭」的，怕沒幾個人了吧？

他很有信心。

很定。

他覺得「報答」公子的時機到了。

成名立萬的時機也到了。

這簡直是個「飛來的機會」。

他跟其他同一集團的死士提到這一點時，也戲稱這機會為：
「飛機」。

◇◇◇

他當然並不知道要殺的是誰。
否則他就不敢想。
甚至去都不敢去了。
——因為這「飛來的機會」簡直就是「飛來的橫禍」。

◇◇◇

「捧派」張顯然近來很不開心。
因為他很不得志。
他一向是「左右逢源」的那種人，跟蔡京旗下，在元十三限面前討功，卻把情報出賣給天衣居士，又把天衣居士的機密，一一向元十三限告密。

——這樣一來，要是天衣居士跟諸葛先生一旦聯上了手，自己也已先賣了箇人情，日後不愁沒有出路；如果是元十三限殺了許笑一，大權在握，自己一樣有功。

可是元十三限卻洞悉他所爲。

還去相爺面前告了一狀。

所以張顯然很覺沒趣，也備受冷落。

他並不檢討自己，反而覺得非常悲憤。

他不覺得兩頭出賣、一腳踏二船有啥不好，反正人人都這樣做，只是自己運氣不好而已！而且，他更覺得元十三限運氣比自己好多了，所以才平步青雲，自己還得仰其鼻息！他可不知道元十三限對諸葛先生也一樣的想法，更不問問自己的實力是不是可與元老相埒，反正，他不甘心，他把不如人處全推咎於運氣上，這樣，他就可以沒有責任了。

這日，方小侯爺卻召見了他。

他知道這是個大好機會。

——方小侯爺近日極受蔡京器重，又與當今天子淵源甚深，眼看日漸當權，現下召見自己，正是表現之時。

殊料，方應看一見他就說：「近日，你給相爺排斥，又受『元老』誹謗，如果不有扭轉乾坤的表現，恐怕你就連『捧派』領袖之位也快保不住了吧！」

張顯然一聽，心裡忐忑：方小侯爺結交的都是當朝權貴，跟皇上、諸葛神侯、元老、蔡相都過從甚密，而今這樣說法，莫非是得到了什麼風聲不成？

他連忙跪了下來，要方應看「救命」。

方應看道：「想不想翻身？」

「我知道有人意圖行弒皇上。」

「什麼!?」

「我自有辦法把刺客制伏，但他性暴，一定設法突圍，我會在適當時機讓你進來，只要聽我說『大膽狂徒！』你就一刀把他宰了，到時只說，『是元老派我來的。』這樣，相爺既感謝你出手殺敵之恩，元十三限也會承謝你讓功之情，這樣一來，蔡相、元老，都會重加提擢你的了。」

張顯然見有這麼好的事，對方應看感激得五體投地，只問如何報答如此大恩大德，方應看只淡淡地道：

「大家都在江湖道上，我只要你欠我一個情，他日好相見而已。」

「他日我一定報答侯爺，做牛做馬，赴湯蹈火，拚命流血，在所不辭。」

張顯然如此大聲約誓。

方應看淡淡地道：「你懂得這樣說，那我就放心了。」

七十五　心機

於是，方應看放出風聲，說蔡相一手培植的一名當了大官的子侄蔡公闢，有意要殺蔡京奪權云云。

消息「流到」元十三限那兒。

元十三限得悉蔡京原要請這名子侄一起過冬，於是立即通知蔡京，要他提防小心。

蔡京勃然大怒，逮捕蔡公闢，扣押牢裡，沒收家資，嚴刑拷問，誅連甚深，卻問不出結果來。

不久，米公公又放出「聲氣」：說王黼有意邀請蔡京到他家去過節，在宴中派人行刺，有意篡取相位。

蔡京半信半疑：他向與王黼交好，可謂「同聲共氣」，王黼若殺了他，既討不了好，恐怕還會失勢——這做法有什麼益處？

儘管如此，蔡京也抱著「寧可信其有，不可信其無」的心理，依舊赴約，但暗中派高手小心防範，但竟席盡歡，主客間並無不軌之意。

蔡京對元十三限的報告，開始生疑。

方應看下足了心機，要的便是這種「效果」。

所以他再行一步：

這一子是「將軍」。

——就算「吃」不了蔡相這子「帥」，也得吞下元十三限這顆「將」！

◇◇◇

冬至之後，蔡京要爲天子監督修葺御花園，又催各路軍民運來奇花異石、瑰珍寶物，趁機又大事搜刮一番。

真正剝削民脂民膏的工作，蔡京還是交給朱勔、王黼等人執行，但在春節之前，蔡京還是少不免去巡視一下，看有什麼增刪修飾、討帝歡心的，順便先行治遊一趟、搜刮一番。

這次巡遊，負責保安的本來是元十三限。

不過，那一天忽聞諸葛先生要求晉見聖上，請准皇帝對年宵慶祝勿太鋪張，以免更加擾民、削弱國庫，並要求重新調校宮內戍衛保防事。元十三限生怕諸葛先生借此鞏固勢力，削弱自己的實力，便也請求面聖請奏。

於是保衛蔡京巡視御花園修建工程一事，便由他自己的得意門生：「天下第七」來執行。

以「天下第七」的能耐，元十三限深信絕不會有意外，自己還是集中對付諸葛先生這心腹大患，以免大意失荊州爲妙！

他打的是如意算盤。

但卻有人比他更有機心。

而且還一早下了心機。

◇◇◇

那一天是十二月十六。

蔡京帶一眾心腹，巡視御花園，其間到「聖賢廟」上香。大家都說：以後聖賢寺裡必有蔡相的賢人像，有人則說應是聖人像，更有一人（張顯然）說應該是至聖極賢神人像才是。

眾皆同意，附和不已。

蔡京也心裡高興。他早就覺得自己功同日月，功逾蜀相；他不是賢人，世間誰是賢人？他不算聖人，天下哪有聖人！

他上香時很虔誠。

虔誠得就像是給自己上香。

他點好了香。

（有人替他點香，他不要，他要親自點香，以示他的虔誠敬意。）

拜了神。

（拜神祈願這事，自不能請人代勞，請人做就太沒誠意了。）

去插香。

（又有人要代勞，他堅拒：反正就只剩這一道手續了，何不把戲唱完？）

香爐很大。

香火不算盛。

——因爲在蔡京插香之前，誰也不敢先行上香。

就算是拜神這回事，也得要按照人的輩份分先後，誰敢僭越，就神仙也救他不活。

大家也不敢先行上香：要是香煙太濃，薰著了相爺，那就菩薩也保不了他的一雙招子了。

所以蔡京插的是第一炷香。

就在他要把香插進香爐灰裡的時候，那座極大的香爐，突然四裂，香灰四揚，一人自香爐裡猝然張弩、搭箭、射——

！

七十六　殺機

如果這一箭真能射殺蔡京，歷史可真要改寫了。

◇◇◇◇◇◇

但這一箭幾乎真的要了蔡京的命。

——要不是有個「天下第七」。

天下第七倏然轉出，面向蔡京，背向來矢！

他竟以背擋這一箭！

——他竟爲蔡京如此奮不顧身！

◇◇◇◇◇◇

「嗖」！

箭射入天下第七的背項。

天下第七並沒有應聲而倒。

因爲他背上揹有一個背包。

包袱。

——那是他的武器！

箭只射入了背囊。

◇◇◇

不過，也許連「天下第七」都沒測得準：箭有兩支。

一支極小。

——只如一片指甲般大。

這才是「小姐」的殺手鐧。

長箭吸住敵人的注意力，小矢才是殺著！

小箭射向蔡京。

無聲。

無息。

幾乎也無影無形。

箭已近。

突然，蔡京背後的二老二少，都驀然動了一動（蔡京自從折損了「六合青龍」的匡護後，身後一直有這一老漢、一老婦、一少男、一少女這四名白髮黑頭人）。

蔡京也接著動了。

他雙指一夾。

——居然用拇、尾二指及時夾住了這一箭！

大家正在驚嘆之餘，蔡京忽擲箭大呼：「箭有毒——」

他已變了臉色。

搖搖欲墜。

他身後的二男二女立即爲他驅毒塗藥。

箭並沒有劃破手指。

蔡京並沒有真箇中毒。

但他已嚇得變了臉色。

◇

香爐中人一擊不著，還待追襲。

但至少已有七名持劍衛士擋住了蔡京。

他們是當年叱吒江湖的「七絕神劍」七人的弟子，劍神、劍仙、劍妖、劍怪、劍鬼、劍魔、「劍」等「七絕劍客」。有他們在，誰也再殺傷不了蔡京。

方應看還一把抓住了刺客。

——在他手上，這刺客似連抵抗的能力也失去了。

蔡京這才定下心來，喝問：「誰派你來行刺我的!?」

這時，混亂中，有人對張顯然讓開了一條路。

「小姐」態度嚣橫，他一點也沒把蔡京放在眼裡。

方應看清叱了一聲：「斗膽狂徒——」

「小姐」忽覺自己身上的穴道和繩索均是一鬆。

他立即一縱而起。

他還正在考慮——要逃還是再試一次看殺不殺得了那童顏鶴髮的老傢伙時——

突然，他剛被解開的穴道又一陣麻。

所以他避不開。

避不開當頭的一刀。

刀到。

人頭落地。

張顯然一刀割下「小姐」的頭來。

◇◇◇

張顯然自以爲立了功，得意洋洋。

蔡京沉住了氣，問：「誰教你殺他的!?」

張顯然立即躬身道：「是元老派我來的。他早知可能有刺客暗算相爺，特派卑下在此救駕。」

「哦？」蔡京哼哼道：「他已早知有刺客行兇了麼？那麼，他今天又因何事沒來？」

張顯然猶不知好歹，答：「這卑下便不知道了。元老可能因已派了天下第七來，他足可放心吧？」

天下第七卻道：「我是自荐來保護相爺的，並非受家師指使。家師因怕諸葛老兒在聖上面前進讒而入宮去了。」

蔡京並沒有馬上發作，只說要回殿裡休歇。他才一到殿內，即急召方應看、天下第七、朱月明等聚議。

「張顯然這一刀顯然砍斷了一切線索，你們怎麼看？」

方應看道：「恐怕也是內應。」

朱月明只道：「兇手用的是箭法。」

天下第七嘆道：「我只希望不是。」

蔡京問：「不是什麼？」

天下第七道：「家師的絕學也是箭法。」

蔡京追問：「你們認爲該當如何？」

朱月明道：「至少要把張顯然逮起來問個水落石出。」

蔡京其實對元十三限大有撤換之心。近日元十三限在京城裡搞風搞雨，他也老大不樂意自己的部屬藉勢掌權，加上元十三限數次無中生有，說蔡公關和王黼要暗殺自己，但都查無實事，卻在元十三限擅離職守時自己幾乎出了事，而且自己此行也只有幾個近身要員心腹事先知悉：如果不是有「內鬼」，刺客怎能／會／可以藏身在香爐裡!?」

這一回，他倒是對元十三限動了「殺機」。

但他只道：「很好，去抓張顯然好好的問問吧！」

可憐張顯然還滿以爲即將受重任寵信，不知「殺機」第一個先臨其身。

七十七　危機

蔡京在御苑露了這麼一手，不管之後如何裝腔作勢，恐箭沾毒，但他原來深藏不露，足以把一向心機深沉的朱月明、方應看、天下第七也唬得驚疑不定。

蔡京次日上朝，著實探聽了一下：原來諸葛並無朝見皇帝，倒是元十三限去了一趟。

蔡京心想：好哇，且不管是不是他派人行刺，然後又殺人滅口，此人都不得不防、不可不除。

其實，這段日子以來，蔡京對元十三限也早有提防，也有計劃的逐漸褫奪元十三限手上實力，其中一個主因是：一，元十三限的武功實在太強了。二，元十三限居然在殺天衣居士後，又找著了三鞭道人，而且兩人還交成了好友：敢不成三鞭道人一早把自己授意故意將「山字經」內文倒錯才讓元十三限誤入魔道的事，全部告訴他了。這樣一來，元十三限必不甘心，那更是非剷除不可，否則必成心腹大患！

蔡京本已有殺機。

但當日蔡京又聽到張顯然無端死於獄中的事。

蔡京心裡頓想：端的是狠，我還沒下決心，你卻先下手爲強，先把可能洩露機密的人殺了！要不是元十三限，想在天牢裡殺人，豈是輕易？何況，收押張顯然的，還是任勞和任怨二大好手！

蔡京已下定決心除元十三限。

所以他決定請元十三限「喝酒」。

◇◇◇

可憐元十三限尚不知大難臨頭。

危機來的時候，往往不見得有什麼危險的徵兆。

——這種危機才真正教人措手不及！

何況元十三限近日也較少理事。

因爲他身邊多了一位「小姐」。

一位年輕、貌美、樣兒甜的無夢女子。

——無夢女。

◇◇◇

無夢女眼見過元十三限那一戰。

她最後覺得：除非有元十三限那樣的絕世武藝，或者她有元十三限這樣的靠山，否則，像她這麼一個失去記憶的女子闖蕩江湖，只怕也不會有什麼好下場。

所以她還是去找元十三限。

元十三限認得她。

也記得她。

——他知道這女子既不是諸葛小花那邊的人，也不是方應看、蔡京這邊的人，甚至也不算「自己人」。

但他認爲這不是問題。

只要佔據了這女子的身子，往往連靈魂也是他的，更何況連身體都佔有了，還要勞什子的靈魂來幹啥？

重傷後的元十三限，心態已完全變了。

跟以前不一樣了。

殺了天衣居士之後、再三敗在諸葛先生手上之後，他不知怎麼的，生起一種感覺：

——時日無多了。

——何不盡情享受？

於是他放下了武功，繼續虛張聲勢，但只有一條手臂和一隻眼睛的元十三限，看上了和擁抱了無夢女；也就是因爲只剩下一隻手和一隻眼，他才特別珍惜生命裡僅存和尙存的餘燼及餘歡。

無夢女也正好選他爲「大靠山」。

她知道他有富貴。

她貪圖他的武林地位。

她想學他的武功。

——要不然，一個老頭子和一個妙齡少女，彼此又全無感情的基礎，還能貪圖個什麼？

元十三限認爲這是他一生裡的一個重大轉機。

但他不知道那是危機。

他的確已找到了三鞭道人。

他要殺三鞭道長。

三鞭懼怕，只好說出前因後果，乃全受蔡京主使。

元十三限十分無奈。

他放了三鞭。

也不想對付蔡京。

——雖然他一生都因錯練「山字經」而改變，但這又有何奈？小鏡已歿，天衣已死，織女亦亡，自己也練成了「傷心小箭」，一生已走了一大半，手也只剩下一隻眼睛也不全了，他又能奈何？

算了吧。

罷了。

他覺得這種想法能令他舒服。

自在。

七十八 轉機

危機往往蘊含了轉機。

轉機中必然也有一定的危機。

但轉機不是危機。

危機也不是轉機。

決不是。

絕不是。

◇◇◇

元十三限雖無意爲錯練「山字經」以致「性情大變」的事報復，對付蔡京，可是蔡京則須防人不仁，何況蔡京認爲元十三限已在對付他了，所以他得先除掉這個人。

在平常，一個常人還可以生氣一個人而不下毒手，與人結怨而不定下殺手，可是一旦從政，那就由不得你了。你不下手別人可能先下手，你不夠毒就得先遭毒手。在戰時也一樣。

所以政權愈大，使人變得外表越文，內心越獸。

戰爭卻使人不像人。

元十三限也狠。

但他是武人。

他畢竟不是政治上的人。

所以他不夠狠。

——至少狠得不夠深刻。

◇◇◇

這一天，蔡京派了任勞任怨去「元神府」一趟。

他也請動了方小侯爺「監督」。

隨行還有一些人。

他們是來「恭賀」元十三限的。

既然元十三限截殺天衣居士有功，蔡京入稟聖上，皇帝便要下詔封元十三限爲「擎天大將軍」。

賜金甲蟒袍。

賜銀彪盔。

賜美酒。

三杯。

盔甲都可以慢些穿著。

酒卻不能不當場喝掉。

元十三限看了看前來「道賀」者的陣容：

「海派」首領言衷虛、「抬派」老大智利、「托派」領導黎井塘、「頂派」領袖屈完、「鏢局王」王創魁、「開闔神君」司空殘廢、「血河小侯爺」方應看、「武狀元」張步雷、「落英山莊」葉博識，還有當年曾爲了刺殺智高而交過手的「七大劍手」的七名弟子，他就不禁嘆了一口氣。

——這有什麼好「封」的？

——更沒有什麼好「風光」的！

只怕這一「封」，日後麻煩就更多了。

「恭喜元老，日後必定蒸蒸日上，平步青雲，百尺竿頭，更進百步了！」方應看卻滿臉堆笑，如此恭賀：「這是絕好的轉機啊，可喜可賀，還不快喝了這一杯聖上賞賜的美酒！」

元十三限只好喝了。

喝了就完了。

至少他自己知道：

他要完了。

七十九　有機

喝下了第一杯，沒有事。

第二杯，才飲到一半，忽然停了下來。

方應看瞇起了眼睛。

七大劍客的手都不由搭在劍鍔上。

元十三限卻只仰天大叫了一聲：「泡泡，妳走吧！」

語音遠遠地傳了開去。

當場裡，沒有多少人知道他的意思。

也不敢問。

因爲元十三限還沒有喝下三杯酒。

——這個人雖然只剩下一條手臂一隻眼，但還是不可小覷的人物。

可不是嗎？有些人甚至到了風燭殘年、半殘不廢，但當政的還是要把他們囚在牢裡，或嚴加看管，小心提防，可見世上確有不世也不老之英傑。

元十三限終於喝下了第三杯酒。

發作了。

他們不敢給元十三限喝烈性的毒酒。

可是如果毒性不夠烈，也毒不倒元十三限。

所以他們找任勞任怨想辦法。

任勞任怨建議只要請動「死字號」的溫砂公，那就一定有辦法了。

溫砂公雖是一流毒手，但卻是硬骨頭，當年夏侯四十一也請不動他出手。

最後還是勞笑臉刑總朱月明親去說項，說明：這毒藥是用來毒元十三限的。

溫砂公這才答允。

因爲他也痛恨元十三限。

他一直錯以爲「大字號」的溫帝是元十三限虐殺的。

所以他終於願意獻了毒：

「三杯仙」：

——一杯不醉，

——兩杯更醇；

——三杯要命！

是爲三杯仙！

——三杯下肚，不作鬼也成仙！

◇◇◇◇◇◇

「三杯酒」的毒性是：

第一杯酒，無毒。

無毒的酒，誰也能喝；至多醉，不會死。

第二杯酒，有毒。

劇毒。

但卻不會發作。

——不會發作的毒酒，縱連元十三限也喝不出蹊蹺來。

第三杯酒，也沒有毒，但卻能使第一杯酒轉化爲毒酒，而第二杯的毒性使之激發出來。

這才是最可怕的。

等人發現不妙時，一切已無救。

無可藥救了。

所以元十三限中了毒。

◇◇◇

他一發覺中毒，已知不妙，一面用內力強迫住毒力，一面負隅頑抗。

但所有的人都攻擊他，包括一向在他部屬裡的人，還有他一手栽培的人，更紛紛爭功、表態，巴不得把他碎屍萬段方休，先立首功。

元十三限早知蔡京容不下他，卻不知殺戮來得如許之快。

如許突兀。

如許令人不甘。

所以元十三限死戰到底。

他情知已難免一死，但他卻不願喪命於這些鼠輩之手。

他邊戰邊退，退入「元神府」中。

——唯一慶幸的，是無夢女果然不在了。

走了。

他也安心了。

因爲他把自己最重大的事已交託了給她。

他且戰且走。

受傷多處。

他已退到房中。

方應看忽喝止了眾人。

也喝退了一眾高手。

他還下令眾人退出房去。

——莫不是這小子要跟自己單打獨挑？

——這小伙子斗膽竟此！？

原來不是挑戰。

是交換。

「你現在還有一個機會；」方應看開出了條件：「你馬上寫下『忍辱神功』和『傷心神箭』的練法，我會讓你可以有機可趁，乘機突圍。」

「怎麼樣？」

這唇紅齒白、面如冠玉的年輕人催促道。

八十　乘機

不答應。

元十三限決不答允。

「你真不識時務。」

「因爲我給了你也沒有用，你只會更快的殺掉我。」

「那好極了，我還真捨不得讓你馬上就死哩。」

「你們趁火打劫，乘機敲榨，卑鄙小人，我決不遂你們的心願！」

搏戰又告開始。

七大劍客和天下第七都殺入房裡來。

元十三限因劇毒發作，已難久持，一見天下第七也勇奮與自己爲敵，也黯然長嘆道：「罷了，我有你這樣的徒弟，這一生，都決比不上諸葛小花的了。」

天下第七大不贊同：「我的武功比任何一個狗腿子都強，怎不如他！」

元十三限浩嘆道：「但人家教的是門徒，我教的是禽獸。」

天下第七突然不開口了。

但他卻以「自在門」的一種特殊的「腹語」與「蟻語傳音」說道：「你若把『傷心箭法』的要訣教我，我念你授藝之恩，暗中保你不死，逃離這裡！」

元十三限卻哈哈笑道：「把箭法教你，我不如一死！你們這些全是乘機放火、趁亂打劫之徒！」

天下第七惱羞成怒，下手再不容情。

元十三限縱有一身武功、但苦於只剩一手一目，內傷未癒，而又中劇毒，敵眾我寡，再也招架不住了，但他武功蓋世，就算能當場格斃他，方應看和「有橋集團」只怕也得付出極大的代價。

忽的一人破瓦而入，大喝：

「住手！」

方應看一見大喜，道：「王小石，你終於來了！這傢伙已給我們困住了，你還不來報這殺師之仇!?」

元十三限一聽，知道自己確是完了。

——平時他雖不懼王小石這等後輩，但今時今日、此情此境，也輪不到他無懼了。

——莫不是天衣居士在天有靈，指示他的徒弟前來取自己的性命報仇？

◇◇◇

卻不料的是（不但元十三限意外，連方應看也出乎意料之外）：

王小石卻清叱道：「他是個豪傑，雖已半瘋，但要殺他也不可以這樣殺！他由我負責，如果殺不了他，我這命也不留了！」

方應看啐道：「這兒大局已定，怎容你攪擾！」

王小石卻一連發出四顆石子。

不是打人。

打向柱子。

小石頭擊在柱上，柱椽竟格嘞嘞地往下倒。

房子塌了。

與此同時，外面卻喊殺連天，火光衝天，箭如雨發。

方應看生怕中伏，連忙指揮眾人，護住自己，但王小石已掩護著元十三限往外衝，以此二人的絕世武功，自是所向披靡，已衝出了「元神府」落荒而逃。

沿路還有高手設埋伏、發暗器、起伏兵、擊鑼鈸，爲他們開路。

方應看心下驚疑不定，著人去闖路查探忙了好一陣子才知來敵已悄悄撤走。

這時，卻來了米公公。

方應看恨恨地道：「我們苦心佈置，卻不料王小石那廝陣上倒戈，居然救走了與他有殺師大仇的元十三限壞了大事，真料不著！」

米有橋仔細問了王小石的出現狀況、說了什麼話和退走情形，才悠哉遊哉地道：

「我看不然。王小石太天真了，他救走元十三限是想以英雄的方式和他師叔決一死戰，而不是要與他聯合併肩。如果他肯和元十三限化干戈爲玉帛，這才是個可怕人物。如他不能，卻只是個英雄豪傑。英雄的弱點就是逞英雄，豪傑的病處是太豪情，不足以畏。」

方應看將信將疑：「那麼他的伏兵又從何而來……？」

米公公吞下了一顆花生米，喝一口酒，才道：「那是『發夢二黨』的人，以及『金風細雨樓』以前隸屬他的手下，還有一些不是此地的高手——看來，王小石入京復出，確是別有目的，早有預謀，跟以前判若兩人，畢竟是江湖閱歷多了；雖說少年人仍禁不住逞強恃勇，但確不可輕視。」

方應看這才恢復了冷靜和鎮定。

「您的意思是……王小石還是會報殺師之仇的，只不過，他不要以多欺少、乘機打殺而已？」

「便是。」

「他能殺得了元十三限？」

「不一定。」

「那也不打緊。反正，元十三限能殺得王小石，他已中毒負傷，恐怕也活不久了，順便還替我們除了王小石，少一個障礙。若王小石殺得了他，一切都依計行事，有白愁飛在，王小石成不了器局。」

米公公正想說些什麼，但忽然給嗆住了，一種一波一波的哮意喘動，使他一時說不出話來。

他又聞到那種老人味，像一頭洪荒時期遠古的獸，向他走來。

狺狺地逼迫而來。

眼前是方應看年輕得發亮的眼、顏和臉。

屋外是雪。

還有那在未末的時候堂而皇之降臨的夜色。

暮了。

稿於一九九一年十二月二十日

正式取得大馬新永久公民身份證。

校於九一年十二月十七日至九二年一月十六日

與眾手足共渡冬至、平安夜、聖誕節、西曆除夕（中曆誕辰）、九二年元旦（華曆誕辰）等慶典節日。

第三章　鳥

八十一　生機

夜。

雪夜。

腳下是冰。

大地蒼茫。

然而元十三限卻仿似聽到有魚的聲音，自王小石的衣袂間傳來。

◇◇◇

元十三限喜歡夜晚。

因為晚上比較沒有生機。

他不喜歡太有生機。

但今天他卻強烈的渴望生機、渴求生存的機會。

——因爲他已有了一線生機。

他只是沒有料到這機會竟是王小石給他的。

他聽過王小石。

但沒見過。

——就是眼前這個人，一舉擊殺了位極人臣、手握重權的傅宗書!?

——就是這個小伙子，甫一入京師，就救了一代梟雄蘇夢枕，曾迅速成爲「金風細雨樓」的主帥之一!?

——這就是天衣居士教出來的徒弟？

——爲什麼自己教出來的門徒，卻半個都不似諸葛小花、天衣居士的門人！

這一點，他只好／只有／只可以怨命！

他已傷重。

毒發。

可是他一點都不低頭。

他問：「你爲什麼要救我？」

——無故示好，不報師仇，必有所圖。

王小石答：「我救你是因爲我要殺你。」

「什麼？」

「我要報你殺我師父之仇。」

元十三限明白了。

這年輕人畢竟是「自在門」的人。

——他可不想自己死得像狗一樣！

「就憑你一人，能殺得了我？」

「殺不了也得殺。」

「你不怕我殺了你？」

「怕。」

元十三限冷笑：「怕還要救我？你大可跟那夥人一鼓作氣把我撲殺再說。」

「你最錯的是：不該在我師父還未恢復功力之前跟他決戰，並殺了他；但你在殺他之前畢竟做了一件比較對的事：你先解了他給封的穴道，給他公平一戰的機會。」王小石望定他，眼神清而亮，「所以，我也要和你公平決戰。」

元十三限忽然覺得心裡有些虛。

他也忽然覺得王小石很有點像：

——像那少年深沉但看去率真可愛的方應看！

曾經認爲：現在的年輕人已一代不如一代，但在他而今的看法，卻是如今的年輕人一代比一代可怕。

他馬上抹去心頭的恐懼。

他是元十三限。

他無懼。

他無畏。

——到這關頭，他也不能有所懼畏。

所以他冷冷地說：「聽來，你好像身在老林寺那一役裡似的。」

「不。」忽聽一人道：「是老衲身在老林寺內。」

元十三限已不必回頭。

他知道是誰。

原來王小石出關，入京復回，是把這老禿驢已請出來了。

「好吧，人都來齊了沒有？」他深吸一口氣，強壓下毒力、傷痛，說：「來吧，動手吧，我活得不耐煩了呢！」

八十二 趁機

「不。」

王小石決然地說：「你中了毒，流了血。我先等你驅毒止血，然後再戰。」

說罷，他就趺然而坐。

元十三限愕然。

王小石以眉目舒然示意，要元十三限不必顧礙。

元十三限心想：不管你搞什麼花樣，你要我止毒療傷，難道我還不敢不成！

他真的就坐下來。

盤膝。

打坐。

迫毒。

療傷。

王小石也緩緩閉上了雙目。

他像是養精蓄銳，清心平氣，以備不久後的一場大戰。

爲他們掠陣護法的，竟是老林禪師。

元十三限功力深厚。

毒是可怕的毒，但只要給他回一口氣，緩一陣子，他就能夠把毒力暫時壓下——如果把毒性譬喻爲垃圾，身體喻爲房子，那就是如同把垃圾掃到不受人注意的角落去，比較不礙眼礙事，但並沒有在實際上清除。

他也把傷勢暫時壓下。若同樣把身體喻爲房子，傷勢比喻爲裂縫，那作法形同把裂紋掩飾上漆，但並沒有真正徹底重建修葺過來。

然後他就起身，向王小石道：「你可以動手了。我三招內若殺不了你，你放心，我會解決自己。」

王小石緩緩張開眼睛。

他寧定地道：「三招太少。」

突然，元十三限大喝一聲：「咄！」

一口「氣箭」，向王小石急打而至！

王小石猛拔刀。

一刀。

刀貼臉頰。

「氣箭」擊打在刀面上。

刀面激撞在頰上。

王小石嘴角馬上淌出了血絲。

才一招。

王小石反手一刀。

「隔空相思刀」。

他距離元十三限足有丈餘遠，但這一刀仍猶如當頭劈到。

元十三限叫了一聲：「好！」

他用手一格。

他的手勢猶如使「一線杖」法。

刀風過，衣袂裂。

臂上一道血痕。

交手一招，王小石微咯血，元十三限臂見紅，仍然平分秋色。

元十三限正要進攻，忽爾，腳下冰裂，一對鐵腕已扣住他的足踝，有人在冰下水裡大叫：「快，快動手殺他——」

王小石立即反應，並叱：「不可暗算！」而且馬上動手。

不是殺他。

他兩顆飛星迸射，齊打中那扣住元十三限雙腳的那對手。

那手一鬆，一人倉皇拔冰而出、抽身騰起！

元十三限怒吼一聲，正要下手，王小石卻已飛身到了他身前。

元十三限喝道：「讓開！」

他已發現暗算他的人是他的徒弟：

顧鐵三。

——只有顧鐵三的鐵腕才能箍得住他的腳。

但王小石並沒有趁人之危。

沒有趁機殺他。

元十三限雖明知顧鐵三曾眼見他殺害其他幾名同門，一定怕他趕盡殺絕，不放過自己，所以趁他和王小石對決之機施暗算，以絕後患，但元十三限還是痛恨他親手教出來的門人暗算他。

——給自己人暗算，這滋味並不好受。

（如果剛才王小石趁機全力一搏，自己可就難有活命之機了。）

所以他向顧鐵三含忿出手。

他的手指一屈一彈，一縷勁風，直襲顧鐵三，是爲「指箭」！

這全是「傷心箭法」中變化出來的箭式。

——自從通悟「傷心神箭」之後，他整個人已變似一支箭。

舉手投足、一招一式，無不是箭。

直射之箭。

怒飛的箭。

這一來，他的胸襟反而坦蕩了，爲人也直率了，反不似以前的深沉小器。

他成了直性子。

——「山字經」倒錯苦練，使他性情大乖；「忍辱神功」咬牙慘練，使他性情逆變。但自從破解「傷心一箭」後，他的人就是箭，直道而行，不曲而生。

他現在要殺顧鐵三。

可是王小石不讓路。

他拔劍。

一怒。

——他拔劍擋這一箭。

凌空。

銷魂劍。

八十三 動機

雪，又開始下了……

飛旋而降。

細雪。

◇◇◇

王小石又接下了元十三限一箭。

兩人都陷落於冰淖裡。

王小石這次不再是嘴角淌血。

而是吐血。

殷紅的血。

但元十三限所處身的冰雪都染紅了。

鮮紅的血。

兩人都受了傷。

傷勢不輕。

——雖然誰都還沒有擊中對方，但傷勢已不能謂不重。

顧鐵三一擊不成，已馬上跑了。

他要去通知方應看、天下第七這些人。

老林禪師追了過去。

他要制止顧鐵三這麼做。

◇◇◇

遠處有酒旗。

古都城門在望。

隱隱有簫聲傳來……

其聲淒切。

元十三限怒叱：「你爲什麼要救他！？有什麼動機！？」

王小石反問：「你爲什麼要殺他？」

元十三限：「他是我的徒弟，我要殺便殺！」

王小石：「你只是他的師父，不能要殺就殺！你既可隨意殺弟子，弟子也可以率性殺你！」

元十三限：「那你爲啥要救我？」

王小石：「我要殺你，就得公平決戰；這是江湖道義，也是武林規矩。身爲江湖人，不能不遵守；既是武林人，不可以不義！」

元十三限狂笑了起來。

他全身發勁，運勁於臂。

他的手臂變成了一支箭。

勁箭。

他一箭就向王小石「打」去。

——不是「射」，而是打。

他的「箭法」已衝破了一切界限。

他的「箭」也突破了一切限制。

他的「箭」已無所不在、無處不是。

或者說，他的「箭」已不是傳統上的箭，而是他自己的人，和他一切武功、精神、體力及技法的合併。

◇◇◇

打酒的人未歸。

誰家簷下，有人打馬在雪已覆蓋了的青石板上路過，蹄印旋即消失於不停而降的雪花裡……

酒熱了未？

旅人累了沒有？

古都城關在望，那兒有沒有你的、我的、江湖人的家？

那媚目女子懷裡的刃，給體溫暖起來了沒有？

簫聲淒其……
雪地裡掠起一隻紅鶴。

◇◇◇

王小石這回刀劍齊出。
刀劍相架。
格住一箭。
——相思刀和銷魂劍，抵住傷心的一箭。

◇◇◇

幾棵枯樹新芽未露。
白茫茫一片雪地真乾淨……

兩人翻身、趴倒。
雪碎。
冰裂。
兩人浮在冰上，一時立身不起。
他根本不必站起來。
因爲，他整個人變作了一支箭。
一支「傷透了心的箭」。
他擬全力一擊。
全身一搏。
他就是箭。
箭便是他。

八十四　古都、細雪、酒旗、簫聲……

就在這時，王小石袖裡，突然疾掠出一物。

黑影。

黃點。

就在元十三限全神祭起殺著之時，突然，這一物急取他的左眼。

啄。

鮮血四濺。

元十三限狂吼一聲。

這時候，他本來可以做一件事。

繼續發動，一氣搏殺王小石！

但他並沒有這樣做。

他反而停了下來。

整個人都鬆弛了下來。

然後反手一掌，擊在自己的天靈蓋上。

王小石想去扶著他的時候，他已奄奄一息。

王小石把一股內力，輸入他的體內，元十三限才能說話。

他說：「……你終於給你師父報了仇。」

王小石：「你剛才大可以最後一擊，殺了我的。」

元十三限：「我兩目已瞎，眾叛親離，活來何用？自甜山一役，我受諸葛槍擊，再誤用已授弟子的武功，功力實只剩一半。今天中毒在先，負傷在後，雙目失明，活下去，還剩什麼？不如一死。反正，我這些個日子，已和無夢女恩愛逾恆，快活過神仙了。你剛才二度救我，予我公平決戰之機，而又讓我有止血療毒之機會，我寧可死於你手中。我不是說過的嗎？三招殺不了你，我會解決我自己。這對招子瞎了，我心裡可清楚得很。」

他遂而長嘆道：「我這輩子，都追不上諸葛小花，真是既生諸葛，何生元限！」

王小石一時不知說什麼、如何說是好。

元十三限卻突然抓著王小石的手，在他手心塞入了一物，道：

「我反正已快要死了，這是我花畢生時間、精力才得到的『傷心一箭』的練法，你收著吧，好好練，總有用的。」

王小石連忙一掙，急道：「我不能……」

元十三限沉聲道：「你是自在門的弟子，我仍是你的師叔，你已報了師仇，我也送了性命，我的意旨，你豈可抗命!?再說，你練傷心之箭，可以除奸誅邪，行俠仗義，殺掉那些諸如天下第七那干大逆不義之徒！」

王小石垂下了頭。

他忽然感到後悔：

——爲啥要報仇？

——何必苦苦報仇？

——眼前這人，真的是該死嗎？

——這個師叔、真的是該殺嗎？

他很迷茫。

元十三限苦笑道：「別三心兩意了，這是門正直的武功，總該傳下去的，我只是誤入歧途，遭人陷害，錯練了它。我把『忍辱神功』心訣，已傳給了無夢女。你找到她，就可以合練這曠古絕今的箭法了……」

王小石見他一口氣已緩不過來了，忙道：「是。」

元十三限這才見一絲喜容，隱現在滿臉披血間，更為可怖。

忽然，他像又記起什麼似的，急道：「……還有『山字經』，『傷心神箭』必須……必須還要配合『忍辱神功』以及……『山……字……經』才可以……成事……但……山……山……山——」

他說到第三聲「山」字之際，突然斷了氣。

這時，那隻曾啄瞎了元十三限兩隻眼的斑鳩「乖乖」，這才敢飛回王小石的肩上。

這時際，細雪下得更密了。

遠處的古都城堞，已幾乎望不見。

簫聲卻轉而悲切。

王小石凝神：終於看見風吹雪影中，在枯枝上，遙遙坐著一個女子。

女子稚艷的神容裡流露著恨。

還有怨。

她是望著元十三限的屍骸吹簫的，彷佛在為這天地間曾叱吒風雲的一代雄豪如此淒寂死去，而奏著輓歌悲曲。

——她就是無夢女嗎？

（一個年輕女子，怎會沒有夢了呢？）

（自己呢？自己以前初踏足京師時的大夢呢？）

（——那段曾經溫柔的夢呢？）

這一瞬間，王小石宛覺自己已過了百年，已夢了百年。

百年如一箭。

且帶著少許驚艷。

請續看《傷心小箭》

完稿於一九九二年一月中旬／我回馬過年前。

校正於九二年一月十九日／自由十一週年紀念／戰友失守／紫水晶母體移位。

作者通訊處：香港北角郵箱 54638 號
作者傳真：（852）28115237

風雲精選武俠經典　編為臥龍生精品集

神州豪俠傳

臥龍生—著

臥龍生與司馬翎、諸葛青雲並稱台灣俠壇的「三劍客」
台灣武俠小說界，臥龍生獨領風騷被稱為「台灣武俠泰斗」
臥龍生是台灣著名武俠小說作家，也是海外新派武俠小說家一員

台視曾播出改編自臥龍生小說的《神州豪俠傳》電視劇，
知名演員江彬、常楓、乾德門演出，轟動一時！

一位翰林院編修、一名新科狀元，竟在天子腳下的京畿重地先後失蹤，事非尋常，九門提督府的總捕頭職責所在，只得軟硬兼施，將京城裡黑白兩道有頭有臉的領袖人物請到，再三拜託他們協助找出端倪，生要見人，死要見屍。一時間人仰馬翻，京城到處杯弓蛇影。不料，透過京城名花小素喜和神算高半仙的指引，查出此事與一本天竺奇書有關，還有萬花劍、陰陽劍、川東二煞等江湖高手參與，更神秘的是，北京城中還另有一位極厲害的人物，幕後主持其事，其人為誰？則完全無法察出一點蛛絲馬跡……

風雲精選武俠經典　編為臥龍生精品集

天龍甲

臥龍生—著

臥龍生與司馬翎、諸葛青雲並稱台灣俠壇的「三劍客」
台灣武俠小說界，臥龍生獨領風騷被稱為「台灣武俠泰斗」
臥龍生是台灣著名武俠小說作家，也是海外新派武俠小說家一員

為了奪取江湖至寶天龍甲，號稱武林四大凶煞的鬼刀馬鵬、妙手高空、暗箭王傑、毒花柳媚，竟聯手挾持璇璣堡少堡主莊璇璣，迫使其父河洛大俠交出天龍甲。鬼刀馬鵬的鬼刀十分神秘。沒有人看到過他身上帶刀，因為，看到過他出刀的人，都已經死了。妙手高空是江湖著名的扒竊高手，手法已達出神入化，輕功更是一絕。暗箭王傑一身暗器，卻從無人看出他暗器藏在何處。毒花柳媚嬌美動人，然而死在她手中的人，不會比鬼刀、暗箭少。江湖上四大凶煞為何齊聚一堂，並甘願接受一紅袍大漢所給的密函指使，前往璇璣堡取天龍甲？
天龍甲又稱天蠶衣，據說可避刀槍。而這件武林寶衣，正在璇璣堡主莊冠宇手中。不料，這卻是莊璇璣以自己為誘餌所設下的計中計，因為，她打算帶領四大凶煞，陪她一探江湖新興的龐大秘密組織「活人塚」……

【武俠經典新版】說英雄·誰是英雄系列

驚艷一槍（下）

作者：溫瑞安
發行人：陳曉林
出版所：風雲時代出版股份有限公司
地址：10576台北市民生東路五段178號7樓之3
電話：(02) 2756-0949
傳真：(02) 2765-3799
執行主編：劉宇青
美術設計：許惠芳
行銷企劃：林安莉
業務總監：張瑋鳳

初版日期：2021年11月新版一刷
版權授權：溫瑞安
ISBN：978-626-7025-08-6
風雲書網：http://www.eastbooks.com.tw
官方部落格：http://eastbooks.pixnet.net/blog
Facebook：http://www.facebook.com/h7560949
E-mail：h7560949@ms15.hinet.net
劃撥帳號：12043291
戶名：風雲時代出版股份有限公司
風雲發行所：33373桃園市龜山區公西村2鄰復興街304巷96號
電話：(03) 318-1378
傳真：(03) 318-1378
法律顧問：永然法律事務所 李永然律師
北辰著作權事務所 蕭雄淋律師
行政院新聞局局版台業字第3595號 營利事業統一編號22759935

定價：290元

國家圖書館出版品預行編目資料

驚艷一槍（下）／溫瑞安 著. -- 臺北市：風雲時代，
2021.10 - 冊；公分 (說英雄.誰是英雄系列)
武俠經典新版

ISBN 978-626-7025-08-6（下冊：平裝）

1.武俠小說

857.9　　110013987